中公文庫

# 水木しげるの不思議旅行

水木しげる

中央公論新社

目次

# 水木しげるの不思議旅行

# 第1話　妖怪のミイラ

妖怪画をかくという仕事のせいか、妖怪たちとつきあいが多く、かれらと出会う機会も、しばしばある。

テレビなどでは、いかにもおどろおどろしい設定のなかで、『妖怪のミイラ』といったものに対面させられ、これについての解説を求められたりもする。

たいていの場合は、ありもしないような合成のシロモノばかりだが、それでもテレビ局側も必死とみえて、次から次へとエタイの知れない怪物のハク製を、八方手をつくして探し出してくる。今までに見た『竜』とか『人魚』とか『河童』のたぐいは、いたる所にたくさん見つけられていて、もうこれ以上はないだろうと思っていると、またどこかの寺の隅などから、ひょっこり出てきたりするのである。

こうなるとしまいには、五百近くもその名が知られている妖怪の仲間にも入れてもらえないような怪物が出現して、こちらとしても説明もなにもつかないまま、ただただ唖然としている、といったぐあいである。

先月もあるテレビ局で、一頭に三面の顔をもつ怪物と対面させられ、苦しまぎれに、

「こいつが、地獄にいる三面鬼というやつでしょう」

と、いってやった。

こんなふうに、一目でマユツバものと知れるバケモノが横行しているなかで、時とすると、どうみても本物みたいなものにぶつかることがある。

私のみた『河童《かっぱ》の手』などは、どこからみても河童の手としか思えないようなものだったし、それ以外にも、干《ひ》からびたミイラというより、なまの妖怪そっくりといいたくなるようなハク製に、それもかなりの数と思うのだけれど、出会ったのである。

それらのハク製を手にとってながめてみても、合成したという形跡がないほど、非常に上手《じょうず》に出来ているのだ。

それらの妖怪たちほど精巧な出来ではないけれども、似たものにはずっと以前に、別府温泉の鶴見地獄というところでお目にかかっている。

そこにあったのは、たしか『河童』と『人魚』と『ぬえ（この怪物は、夜に限って現われ、空をすみかにしているという）』、それに『くだん（これは牛から生まれて二、三時間しか生きておらず、そのあいだに来たるべき未来を予言する怪物だが、この予言は千に一つの間違いもないといわれている）』、それと『鬼』だった。

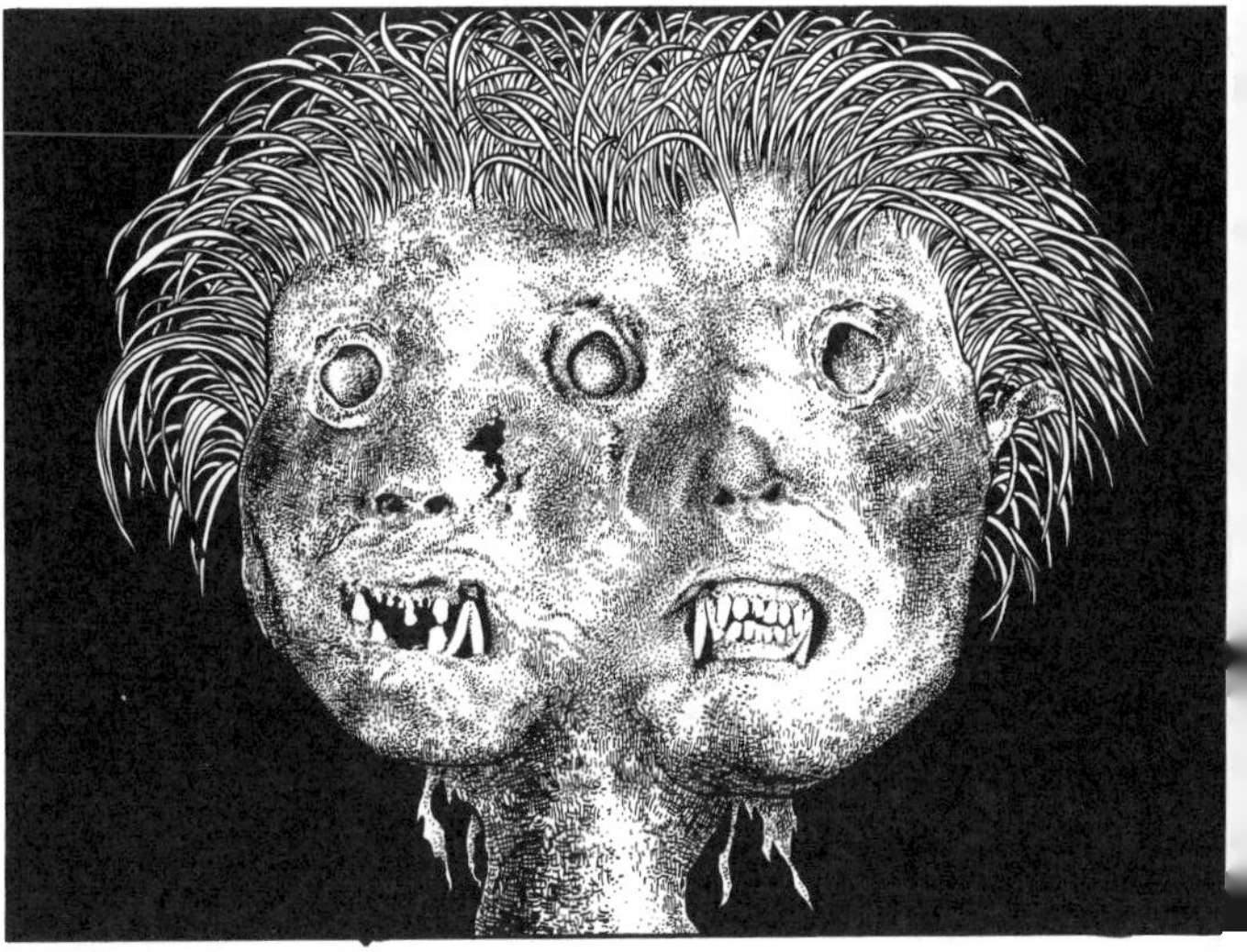

三面鬼のミイラ

これらは作り物という感じは免れられなかったのだが、しかし百年、二百年と年を経ても、このように本物の妖怪みたいに形状が、そのまま上手に残されているのであった。

このことを、ある怪奇作家と話をしたおりに持ち出して、

「これらの妖怪は、作られたものに違いありません。しかも、私の見たものだけでも、百個近いところをみると、きっとこれを作る職人がいたのに違いありませんよ」

というと、氏は、

「いや、この合成の製法は、中国から伝わったものらしいのです。ただそれだけしかわかりませんが、そういう怪物作りの製法が秘伝として、ある家系とか何かに秘密のうちに伝えられていたのでしょうねえ」

といっておられた。どうやら私の推測したように、極秘裡に妖怪たちは部分をつぎ合わされ、合成されて作られていたらしいのである。

こんなに苦労して秘伝を駆使した妖怪作りがおこなわれたくらいだから、当時の見世物は大変なものだったろうが、この見世物が禁止されるとか、またなにかの理由で興行できなくなったとかして行き場をうしなった妖怪たちは、旅芸人の手から寺や神社に、宿泊のお礼のかわりなどとしてわたされていったのであろう。寺や神社のほうとしても、うす気味の悪いものだけれど、非常によく出来ているし、お礼として受け取った意味もあって、

捨てるのにはもったいないということで置いておくうちに、いつしか寺宝とか何かになっていったりしたのだろう。

こうして見世物の興行主の手から寺や神社に移った妖怪たちのうち、保管の状態の良いものが今でも残されているわけだが、保管状態の悪いものは、ねずみにかじられたりしてダメになってしまったのだろう。おそらく、ほとんどの怪物たちが失われたのかもしれないが、この消失した分を入れると、現在残されているものがこんなにたくさんあるのだから、相当な数の妖怪のハク製が作られていたに違いはあるまい。

それにしても、かなりの年月がたっているのに形もくずれず、まるで生き生きとした状態で現存しているのは、どうしたわけなのだろう。やはり、なにか秘伝みたいなものがあって、その秘密の製法によっていつまでも腐らず、しかも、なまの迫力をリアルに伝えていると思われるのだ。

こういう高度な技術をつかって作られた怪物たちなのだが、最近これらの寺宝とか神社の宝物みたいになった妖怪を、テレビを通じてたくさん見るにつけて、いつもこころにひっかかるものを感じてしまう。

宝物の怪物の材料が、いずれも小児だということである。

『河童』にしろ『人魚』にしろ、どうみても子供のミイラそのものである。

腐ったような死体ではうまくいかないだろうから、これはどうしても生きのいい死体を材料にしたとしか考えようがない。いや、死んだ子供をつかっているのではないだろう。生きている子供を、何らかの方法で永久に変わらないハク製にしたてあげたのだ。

おそらく、妖怪作りの職人は、生きたままの子供をさらってきて、山の中とか、人里はなれたところにつれていき、特別な秘伝の食物を食べさせたりして、このおそろしい妖怪のハク製を作っていたに違いない。

私はテレビ番組でそれらの妖怪のハク製を見るたびにそうした思いにとりつかれ、いつも一人冷たい汗が流れるのをおぼえる。

たしかに昔は、テレビなんてものはなかったから、こうした本物そっくりの妖怪のハク製は、見世物としてもかなり評判になっただろうし、興行の収入もけっこうあったはずである。

妖怪作りの職人としても精巧な上手なものを作れば、それなりに高く売れたのであろうから、その製法をひたかくしにしておいて、代々秘伝として伝えていけたのだろう。もっとも、妖怪作りの高度な技術をもった職人たちは、子供をひそかにさらってきたり、それ以外にもいろいろとあやしげな方法で、本物とそっくりの怪物のハク製を作っていたのであれば、その秘伝は口授でだけなされ、文字などにして残すことは出来ないわけだ。

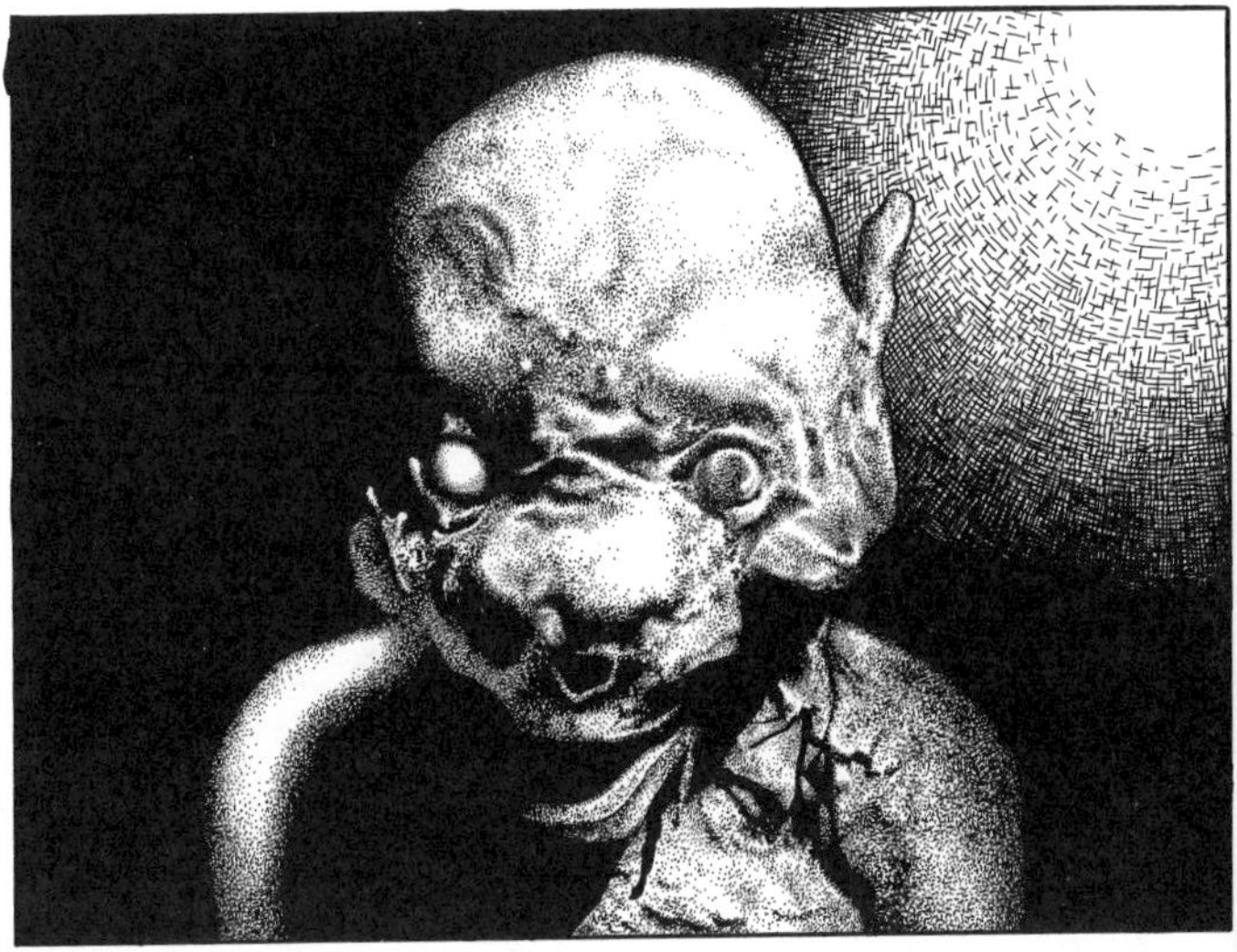

人魚のミイラ

『神かくし』といったような、子供が急にいなくなることが昔はよくあったらしいが、消えた子供のいくらかは、このおそろしいハク製の材料にされてしまったのかもしれない。

気味の悪い推理はべつにして、現在までに残されている妖怪作品の技術的な面、そしてこれら怪物のハク製作りにかける職人たちの製作熱意はたいへんなものである。

私がかつて見た『河童のミイラ』などは、どうしても、作り物とは思われないものだから、現存の怪物が全部が全部、合成されたものではないだろうが、その大部分は高度の技術をもった特殊技術者の作品であろう。彼らの技術がおそろしい秘伝のものであったにしろ、その怪物のハク製が非常にすばらしい出来であったことは否《いな》めない事実である。作られた妖怪たちの出来ばえは、とても私たちの妖怪画などでは、おいつかないくらいのものなのだ。

それに出来あがった怪物の迫力が見世物として評判を呼ぶのであれば、それこそ必死になって製作したのであろう。今みてもかなりの迫力をもってせまってくるのだから、これらの妖怪が作られた二百年前の製作当時だったら、その迫真感は計りしれないものだったに違いなかろう。

いずれにしても、思いのほか怪物のハク製が大量にあるところをみると、特殊技術者たちが製造したハク製妖怪のルネッサンスみたいな時代が、江戸時代のいつごろかにあったのではなかろうかと思われるのである。

案外、こうした見世物妖怪というものが、江戸時代の妖怪の本流であって、木版なんかでいくつか残されている妖怪画などは、支流だったのかもしれない。

まあ今となっては、こういう秘伝というベールのなかで高度な特殊技術を駆使して製作された怪物のハク製が、グロテスクではあるが、一堂に作品として集められれば、なにか新しい発見でもなされるのではないかと思われるのだが……。

ゲテモノだからとか、くだらぬものだからということで、保管の悪いところに放置したままにしておけば、これら妖怪の芸術作品（?）もやがては失われていってしまうだろう。

技術的にも非常にすぐれたこれらの妖怪のハク製を、このままにしておくのはとても惜しい気がするのである。

だれか妖怪博物館といったものでも作って、埋もれたままの怪物たちを発掘し、これらのすばらしい妖怪芸術を一堂に集めたならば保管のうえでもよいだろうし、それを見る者にとっても面白いことだと思うのである。

いや、けっこう見世物としても楽しめるものになるかもしれない。蠟人形《ろうにんぎょう》などよりは、はるかに迫力のあるシロモノだからである。

# 第2話　ざしきわらし

『ざしきわらし』は、一般には赤い顔をした童子《わらべ》とされているが、なかには女の子だという人もいるし、『河童』の一種に違いないという説もあるし、いや、あれは『枕返し』の仲間だと断言するものもいる。

姿かたちにしてこのようにまちまちだから、その行動とか現われかたになると、もう話をする人によってバラバラ。コチョコチョくすぐるとか、胸を踏んづけるとか、出現する前ぶれとして小便がしたくなるとか、その家の主人にしか見えないとか、バラエティにとみすぎて収拾がつかないほどである。

ただひとつ一致している点は、『ざしきわらし』がいなくなるとその家は衰えてしまうということぐらいのものだ。

『ざしきわらし』に似たものはほうぼうにいるらしく、アイヌでは『アイヌカイセイ』、朝鮮では『タイジュ』という名で呼ばれている。

ある日のこと、この『ざしきわらし』に会いにいこうという話がもちあがった。児童雑誌の編集氏が、岩手県の山奥に『ざしきわらし』が出る所があるから同行してくれというのである。

編集氏は大きなカメラをぶらさげて、『ざしきわらし』を撮影するんだと大いに張り切っていた。

「あんた、一泊しただけで、ざしきわらしが撮れたら、それこそノーベル賞もんだよ」

といったのだが、その編集氏さして動じる様子もない。妖怪なんて一生に一度会えるかどうかというシロモノなんだ。ちょっと行っただけで出会えるものじゃない。彼はどうやらタヌキかキツネが出没するみたいに『ざしきわらし』もひょいひょい現われるんじゃないか、と気軽に考えているらしい。

それはともかく、ぼくとしても『ざしきわらし』現象の起こる場所というのは、一体どんなところか興味があったので、編集氏につれられて岩手県の金田一《きんだいち》温泉にある緑風荘へ出かけることにした。

この地方、たいへんな僻地だと聞いたものだから、用心に用心をかさねて南極探検にいくような恰好して、ふところにはカイロまでいれて、緊張して出発したのだが、何のことはない。道路は東京と同じアスファルトだし、宿の前には少年マンガ誌も売っているし、コーラなんかもある。

もう日本には秘境なんかないんだ。そう思いながら宿屋に入れば、ここもアパート風な作りで、神秘感などあまりありそうにない。

（こりゃあ、だまされた……）

と思ってガックリしていると、夕方七時ごろ『ざしきわらし』の出る座敷にフトンが敷けたと案内の声。

その場所は、本宅というか旧宅というか二、三百年も前に建てられたらしい古屋で、道路に面している現在の宿舎の、ちょうど裏手に位置していた。

厳しい風雪をじっと耐えぬいてきた旧家の太い梁《はり》。歴史をそのなかに滲《にじ》ませて、にぶく黒光りのする柱。

暗く長い北国の冬をそのままうつしとったような廊下を渡って、かすかに埃《ほこり》のにおいのする座敷の空気に触れたとたん、なぜか背すじがゾクッと寒くなった。

旧家の座敷には、封じ込められた時が静けさとなってあたりを満たしている。その重い静寂の中で、ぼくたちは黙然と周りを見まわしていた。

そのときだった。不意にぼくの背後でなにかの気配がした。衣ずれの音を聞いた。いそいで振り返ると、そこには一人の老人がひっそりと立っていた。まるで『ざしきわらし』を年とらしたような老人だった。

ざしきわらしの住む古家

この人が『ざしきわらし』を見たという宿の御主人だとわかったのは、たがいに挨拶をかわした後からだった。

妖怪を見るほどの人は、やはりどこか妖怪じみたところがあるものだ。

「出るのはここらです」

座敷の一角を指でしめす老人の、何気ない説明のなかにも、旧家の重くのしかかってくる雰囲気がかさなって、ぼくも編集氏も一瞬、子供の冷たい手がうなじを撫でて通り過ぎた気がした。

知ってか知らずか、宿の主人は、

「ストーブをつけましょう」

うっすらとしみの浮いた土壁にむかって声をかける。ぼくは老人がこのまま土壁の中に吸い込まれてしまうのではないかと思ったほどだった。

老人の言葉づかいや間のとりかた、音もなく畳の上を歩いていくその足どりも、どことなくふつうの人と違っているようにみえた。

「わらしは夜中の二時ごろに出るで、それまで、わしの部屋に来てらっしゃい」

ゆったりとしゃべる宿の主人には、もう『ざしきわらし』の姿が見えてでもいるみたいだった。

部屋につくと、老人はまた話し出した。

「わしが二十四、五の時分じゃった。夜中にふわーっと童子《わらし》のようなもんが出たので捕えてやろうとしたが、どうしたわけか体が金縛りにあって動くに動けん。しかたなく見逃したが、あれがわらしじゃったんじゃ。

それはなにもその時に始まったことでなく、昔から出るといい伝えられておった。百年ほども前、狐か狸のしわざであろうと猟師が三人、鉄砲を持って泊まり込んだことがあった。二日目の夜に童子が現われたで引金ひこうとしたが、体が動かん。そのまま見過ごしてしまったという話を、当の猟師の一人が生きておるうちに、わしによくしてくれたもんじゃった」

また戦争中のこと、陸軍中佐がその部屋に泊まったおり、童子が現われた。中佐は部屋に仕掛けがしてあるに違いないと、天井裏から床下までくまなく調べたが何もない。どこかの節穴を通る光が、映写機のようにそれを映すのではないかと考えついたらしいが、裏付けるものは全くなかったので、「不思議だ」を連発して去っていったという。

戦後になってからは市役所の役人までがこの童子に出会ったことを聞いて、二、三人の霊媒《れいばい》がこの宿にやって来た。

霊媒たちは異口同音に、これは亀丸という名の子供の霊で、後ろに母親の姿も見えると告げた。亀丸は南朝の血をひく天皇の子で、北朝の手を逃れて母とともに東北の地までできたが、ついに発見され殺害されてしまった。

霊媒と亀丸の対話によれば、追手《おって》を逃れている間は乞食の態をしたり、顔立ちまで変えて苦労しながら、この金田一温泉のあたりまでたどりついたらしい。

霊媒のみた『ざしきわらし』の姿は、昔の高貴な人がまとう服を身につけており、よく一般にいわれている顔の赤い、頭巾をかぶった恰好とは違っていた。

それでも童子は、幾度となくこの家に幸運をもたらしていた、という。

戦中に召集された主人は、なんの手違いか一人だけ帰還を命じられた。召集された者全員の戦死が伝えられたのは、それから間もなくのことだった。

旧家にまつわる幸運をあれこれ並べたあとで、御主人はすっと座を立つと、奥から亀の形をした石を持ってきた。

「世界に一つしかない二千五百万年前の亀の化石じゃ。わしの土地に温泉が出てきたとき、これも土地から出てきた。わしゃあ、亀丸に助けられ、亀石に救われて幸運だらけじゃ」

目を細めていとおしむようにいわれる。背をまるめた老人の小さな影が、座敷の隅にぼんやりとひろがり、暗がりに溶け込むあたりで、そのときゆらりと揺れたのは、ぼくの錯覚だったのだろうか。古い宿のなかは、また静けさを取り戻していた。

霊媒が会った亀丸と母の霊

二時にはまだ間があったので編集氏はひと風呂浴びに出かけていった。

ぼくは『ざしきわらし』の出る座敷で待つことにした。

電灯を暗くして、夜具にもぐりこむ。横になって闇を見つめた。暗闇は座敷全体を不透明な膜でとりかこみ、定かではない一つの空間を作っている。

じっと見つめるぼくの胸が、急に圧迫された。脈搏が大きく乱れた。

ぼくをのみ込んだまま、座敷がぐらりとまわりはじめた。激しい胸騒ぎ、深い谷底に落下していく体……。

あまりの恐ろしさに、ぼくは思わず立ち上がって部屋の明かりをつけていた。光が座敷の隅々まで照らしたとき、ぼくの気持に落ち着きが戻ってきた——。

しばらく経《た》って、風呂からあがってきた編集氏が、出ましたか、と尋ねたけれど、怖さに耐えられなかったぼくは、いや別に、と横を向いた。

あれをもう少し我慢していたらなにかつかめたのではないかと、今でも残念でならない。立ち上がって電気をつけなければよかったのだ。しかし、一方で、もしそうしていたら、今のぼくは存在していたのかどうかわからないというような気もする。

# 第3話　小豆はかり

このあいだ帰省したおりに、うちの菩提寺《ぼだいじ》の住職がぼくを見つけると、こんな話をはじめた。

ある夜のこと、ふと騒々しい物音に目がさめた。どうやら本堂のほうから聞こえてくるみたいで、それも二十人ほどもいるらしい人の足音のようだ。床を踏み鳴らし飛びまわり、こんな夜更《よふ》けにだれの仕業《しわざ》だ人騒がせな、と住職が行ってみれば、猫の子一匹そこにはいない。

こんなことがちょいちょい度重《たび》なったので、さすがの坊さんも気味悪くなり、戸を開けると、〜ピンポンパン……と音のするチャイムを本堂にとりつけた。

しばらくは平静を保っていたから、これは科学の勝利かなとも思ったらしいが長続きはせず、ある雪のふる夜に、〜ピンポンパン……チャイムの音。ほどなく大勢の人が床を歩きまわる音が伝わってきた。

住職の家族たちはもう色を失って身を寄せ合い、雪明かりにぼうっと浮き立つ本堂を見つめるばかりだった。

足音は歩きまわる調子から次第に高まり、本堂をいっぱいに響き渡らせると、やがて消えた。音のやんだあとには、前よりも一層深い静けさが、雪とともに舞い降りてくる。

住職たちがおそるおそる覗《のぞ》いてみた本堂には人影はなく、戸もぴったり閉められたままだった。そして雪の一面に積もった庭さきにも、何の足跡も残されてはいなかったという。

ちょうどそのころ近くで幾つか葬式があったから、その霊の所業に違いないといううわさまで流れたけれど、結局わからずじまいで、足音のほうも、四、五回した後ぷっつりと跡絶《とだ》えてしまった。とにかく音を出す幽霊としかいいようのないものだった、と住職はそのときの様子を話してくれた。

「音を出す」といえば、家をミシミシ揺らしたり、障子をガタガタ鳴らしたりする小鬼のような姿をした『家鳴り』という妖怪の仕業だと昔からいわれている。もっとも『家鳴り』を徹底的に調査した物理学者に言わせると、その家の付近の地層がある一定の振動数を持った波動を伝えやすい性質で、この波がちょうど家を揺らすのにぴったりなモノだと共鳴が起こって、ミシミシガタガタということになるらしい。

説明されれば、なるほどと思うが、菩提寺の場合には四、五回で止んでしまっているし、共鳴で音が「足音」みたいに聞こえたとしても、なんとなくシックリしないものが残るのだが――。

三年ほど前のこと、ぼく自身が出会った怪異な「事件」がある。

北海道の山奥の万字《まんじ》という所に、髪の毛がひとりでに伸びる「お菊人形」があるというので、友人とふたりして見にいった。「お菊人形」にはさほど驚かされなかったけれど、その帰り道、思わぬシロモノにぶつかったのだ。

万字は山中だから宿泊するためには、岩見沢まで下りなくちゃならない。発《た》つのがおそかったせいもあって、岩見沢にたどり着いたときには、もう夜も更けていた。むこうに着けば今夜泊まる所くらい何とかなるだろう、などと考えていたのが間違いのもとだった。旅館なんか見当たらないのである。

あわてて捜しはじめ、くたくたになったころ、ようやく倒れかけた宿を見つけ出した。そこはいつも空いているとみえ、お客らしき者はだれもいない。いや、宿泊人が絶えてひさしくなかったような宿屋で、妙に薄暗く、人の気配のしない廃屋みたいなものだった。

外から見ただけではわからなかった建物のよじれが、部屋に案内されるときにはいやでも目にはいる。それも複雑に歪《ゆが》み、傾いているために、右のほうへ廊下全体が傾斜しながら左に曲がる角があったり、上りになっているつもりで実は斜めに下っていたり、床が傾いているのかと思ったら柱や壁が傾いていたりしているのだった。歩いているうちに、ど

お菊人形

こが水平なのか、自分の体は果たしてまっすぐに立っているのか、全くわからなくなってしまい、部屋に着くころには目まいがして、軽い船酔いにも似た吐き気さえ覚えたほどだったのである。

やっとの思いで到着した部屋も、時空間の裂け目におっこちたかと、一瞬疑ったほど。柱がねじ曲がっているから、フスマはみんな下のほうは手が楽に通るほど隙間《すきま》があく。天井も壁もまともに平らになっている個所はなく、部屋全体が大きな平行四辺形のように押しつぶされた形をしているのだ。平行四辺形の真ん中に、部屋とは不釣合いなくらいのバカでかいストーブが、どっかりとアグラをかいて燃えさかっていた。

せめて風呂にでも入って疲れをとろうと、無重力状態の宇宙船の中を歩くみたいに右へ左へよろけながら、目まいと船酔いを我慢して、風呂場の戸を引き開けてみたら、なんと風呂場はツララだらけである。

ひどい宿屋もあればあるもんだ、人の泊まるような所じゃない、ぶつぶつ文句をいいながら戻ると、また目まい。平行四辺形の部屋に敷いた、かろうじて長方形の布団にひっくり返って、丸くなって眠ってしまおう、今夜一晩の辛抱だと思った。

しかし現実はきびしく、寝返りをうつたびに床の歪みがひびいてきて、右を向けば逆立ちしたみたいに頭に血が溜まり、左を向けば生捕りにされたタヌキさながら四肢が高く、お尻が落ち込んでしまう。

目まいはますますひどくなるばかり、まっ暗な闇の中で、自分の体が羅針盤を失った船のようにさまよいはじめた。まるでフワフワと浮き漂っている気さえする。

手足の感覚も闇に流れ溶け込んで、限りなく拡散していく。体は疲労で岩みたいに重いのに、眠ろうと思っても妙に神経が高ぶって寝られない。

そのとき急に、闇のなかに波紋をひろげる物音がした。

耳をすますと、かすかな音はどうやら上のほうから降ってくるらしい。天井裏で石ころをころがしているような変な音だ。

おどろいて隣に寝ている友人をゆり起こそうとするが、体がしびれてしまったのか、どうしても動けない。

天井の音は、だんだん大きく、小石か砂をまいている音に変わってきた。

どう考えたって、ネズミなんかじゃない。それなら……。

あれこれ思いをめぐらしていると体は硬張《こわば》り、寒い夜だというのに脇のしたにじっとり脂汗が噴き出してきた。

そうしている間にも、天井の砂をまいているような音は高く低く断絶して伝わってきて、それに混じって、こんどは枕もとの壁のあたりからチョロチョロと水の流れ落ちる音も聞こえてきた。

とにかく友人を起こそうと、隣を手でさぐるのだけれど、体がしびれているせいか方向が違うのか、まるで見当違いを探すばかりで、手はむなしく畳の上をはいずりまわっている。

砂の音が次第に強くなり、いちだんと高まったかにみえたとき、いきなり暗い天井から、ぼくめがけて大きな腕が突き出された。

怖さのあまり、思わず引きつった叫び声をあげて、隣の友人のほうへ転がるように逃れたが、どうしたわけか肝心の友人がいない。寝ていたはずの布団は、もぬけのから。人の形をしたままふくらんでいるだけだった。

あとはもう夢中で外に飛び出し、どこをどうたどったのか迷路みたいな廊下をさまよって、電灯の明るくともった帳場へ駆け込んだ。

われ知らず声にも妙に力がはいって、

「た、たいへんです」

すると出て来たのは、同じ部屋にいたはずの友人である。

訳をきいてみれは、彼も同じように天井裏の砂音を耳にし、得体《えたい》の知れないものが暗闇から迫って来たのにびっくりして、あわてて帳場に駆けつけたらしい。青ざめた硬い表情

小豆洗い

で話してくれた。

ところが宿の女主人は落ち着いたもので、

「気にせんこった、昔から『小豆《あずき》はかり』が住んどるが、別に悪さをするわけじゃねえんだから。恐ろしがらんでもええ」

すましてぼくらにいったのである。

たしかに『小豆はかり』や『小豆あらい』、あるいは『狸囃子《たぬきばやし》』といわれている騒がしい妖怪たちは、危害を加えることはないかもしれない。だけど、そういった騒がしい霊、つまりポルターガイストめいたものというのは、どういうわけか、心身が不安定なときに出会うような気もする。

# 第4話　河　童

ぼくの育った漁村には、下の川と呼ばれている小さな川が、ぼくの生家から一キロほど離れたところを流れていた。

あれはたしか小学校の低学年のころの夏休みのことだったか、近所の四、五歳になる勇二という男の子の姿が見えなくなって、夜になっても家に帰ってこない。暑い日のことだったから、一人で水浴びに行って、そのまま溺れてしまったんじゃなかろうかと村じゅう大騒ぎになった。

まだ小さい子供のことだ、海は深くて泳げないだろうから、下の川へ行ったに違いない、川をさらってみよう。手配りの大人が五、六人、提灯を持つと駆け出していく。そのうちに子供たちまでが騒ぎを聞きつけて集まってくる。総勢四十人もの村の老若男女が、下の川の岸辺へ勇二をさがしにやってきた。

川の中ほどから海にむかって突き出したラッパ型の河口にかけて、小舟に乗った腕っ節の強い若い衆たちが、長い竹竿を川底までぐぐらせながら綿密にさぐってくるのだが、男の子の姿どころか着ていたものさえ、さっぱり見つからない。村人の心の焦りも知らぬ気に、時間ばかりがむなしく過ぎていく。

川をさらう小舟の群れは、いつしか海のほうにまで出てしまった。

なんの手だての施しようもなく、仕方なしにいったん舟からあがってきた若い衆たちも、篝火《かがりび》代わりにたいていた焚火のまわりに石のようにすわりこんでいる。だれも口をきかない。苛立ちが疲れをいっそう重く感じさせる。暗い表情でうつむいたままの人たちのうえに、鉛色の沈黙がのしかかってくる。

そのとき、村の古老が、だれにいうともなしに、

「ひょっとしたら河童《かわこ》にやられたのかもしれん」

ぼそりと呟《つぶや》いた。ぎょっとしたようにみんなが古老のほうをふり返った。老人はゆっくりした調子で、黒い川面から目をそらさずにしゃべりはじめた。

「この下の川には河童《かわこ》が住んどるちゅういい伝えがあっての。河童ちゅう奴は水虎《すいこ》ともいうんじゃが、年に一度、人の生き血を吸いよっての。むろん吸われたもんは死ぬる。そうして、河童は血を吸い終えると、小そうなった屍《かばね》をもとの姿にかえしておくちゅうことじゃ。河童に川へ引き込まれたもんは、もとの姿であがってきても、体のどこぞが食われるとるで、それとわかるそうじゃ」

揺らぐ焚火の炎で、古老の顔はときおり陰になる。落ちくぼんだ目やそげた頰が闇のなかに見え隠れする。焚火の照りをうけて、古老の口もとが一瞬血色に染まって見えたのは、まだ小さかったぼくの気のせいだったのかもしれない。

しんと静まりかえった一同のなかで、不意に立ち上がった若い衆がいた。勇二と縁続きの若者だった。

「とにかくもう一度、川をさがしてみる」

古老に背をむけて、小舟に歩み寄りながらいった。それにつられるように一人、二人と立ち上がり、焚火のまわりからみんな下の川のほうへ降りていった。

ありったけの提灯をともし、子供たちまでが竹竿を持って岸辺から川底をさらいはじめた。川の中央を、先ほどとは逆に海側の河口からさかのぼる恰好で、小舟に乗った若い衆がさぐっていく。再び根気のいる、いたたまれないような作業がはじまったのだ。

ぼくは兄といっしょに、岸から川面をさがしまわった。兄はそのころまだ珍しい懐中電灯を持っていた。懐中電灯の白い光が、真っ暗な川面をそこだけ円形に浮き上がらせる。ぼくらは真剣に勇二の探索をしているはずなのに、何か妙に誇らしげな気がするのを押えきれなかった。提灯の明かりがスッと平らに流れていくのにくらべて、ぼくらの懐中電灯はやたらにあちこちと落ち着きなく動きまわりたがっていた。

下の川の河童

その落ち着きのない円い光の輪が、ちらりと川岸をかすめたときに、

「あれっ」

兄がおかしな声をあげた。みると光の輪に照らされて、何やら白いものが浮き沈みしている。じっと見ているうちに、それが急に反転してはっきりとした姿をみせた。まぎれもない人間の足だった。

わあっ、叫んだきりで後はもう声にならない。それまでの少しうかれた気分もすっとんで、ただ懐中電灯の光の輪が抑えようもなくぶるぶる震えるばかり。

大人たちがあわてて引きあげた勇二の体は、目を覆いたくなるほど腹がふくれていた。信じられないくらい水を飲んでしまっていて、青白くなった唇にふたたび朱がさすことはなかった。

岸に運ばれた勇二のまわりを探索にあたった村人たちががやがやと囲む。屍にすがりついた母親の姿に、思わず目がしらを拭う若い衆もいた。

「やはり河童《かわこ》のしわざじゃったか」

突然、古老がうめくように呟《つぶや》いた。

泣きはらした目をあげてふりあおぐ母親に、古老は屍を指さしていった。

「耳を見てみい、勇二の耳たぼを」

提灯の明かりに照らし出された男の子の耳は、両方とも大きな鋭い歯で嚙み切られてなくなっていた。

古老のことばを継いで、のんのんばあという拝み屋のばあさんも、

「こりゃあ河童《かわこ》じゃ、河童に引っぱられたんじゃ」

勇二の傷跡をみて断言した。のんのんばあは自分をみつめる村人たち一人ひとりに、強い視線を返しながら、

「河童《かわこ》がよこした屍は葬らずに、ただ板の上に乗せたまま小屋のなかサア入れちょく。そげしたらば、屍が腐る間に血を吸った河童も、同じように腐って死ぬると昔からいわれちよる。こうなったら勇二の仇討ちじゃ。どうじゃ村の衆、憎い河童を殺してしまおう」

愛児をうしなって悲嘆にくれていた勇二の両親がうなずいたとき、反対するものは、もちろんだれもいなかった。

村人たちはこぞって近くの松林の中にある荒れた小屋に、子供の屍を運び入れた。小屋の戸を厳重に締めておく。村の若者たちが交代で見張ることになった。のんのんばあが、

「河童は屍が腐っていく間、その小屋のまわりをぐるぐるまわる。じゃが、身をかくす術を心得ているから、死なないかぎり姿を見せることはない」

といったからである。

だが、いざとなると夏のこととはいえ、勇二の屍が腐るまで一週間くらいはかかる。その間ずっと夜中も寝ずの番をしなければならないのだ。若者二人ぐらいでは大変だし、いささか薄気味悪いということも手伝って、夏休みで手のあいている小学校高学年の子供たちの参加も許されることになった。

こうして常時四、五人が、人家から離れた寂しい松林のなかにポツンと建っている荒れ小屋を見張ることになった。

はじめのうちは何ごともなく無事に過ぎていった。ところが四日目の夜が明けようとしていたころ、兄の友だちが急に大声をあげて騒ぎ出した。

「河童がくるウ……河童がぐるぐる廻っているウ……」

他のひとには何も見えなかった。だが彼は憑《つ》かれたみたいに口走っている。みんなで体を抱えていても、ふりほどいて見えない手から逃れようとする。

日が経つにつれ、彼の行為はすさまじくなり、とうとう正気をうしなってしまった。水を見つけるとすぐ飛び込んでいく。子供を見かけると妖《あや》しく目が光り、しつこく追いかけまわす。まるで『河童』が彼の体内に入り込んでしまったような異様な姿だった。

あまりのひどい変わりように、親が彼を村から隔離したころ、松林の小屋の勇二の屍も腐乱して、いよいよ葬儀を行うことになった。

河童は引っぱった屍のまわりをまわる

そうして埋葬もつつがなくすんで、村人たちの口から『河童』の話がきかれなくなった十月のことだった。

学校がひけて、ぼくは友だちといっしょに犬を連れ、松林の中で遊んでいた。遊びに夢中になっていて、気がついてみるとあの小屋のそばだった。ふたりとも自然に足が止まる。しんと静まり返った松林のなかで、ときおり風が枝を鳴らして通り過ぎていく。

ふと、かすかな腐乱臭が鼻をついた。勇二の葬式もとっくに済んでいるのに……と思ったとき、犬が猛烈な勢いで小屋の裏手に走り込んでいった。

あわてて後を追ったぼくたちの目の前にあったのは、半分ミイラ化した動物の死体だった。犬はどうしたわけか、半ば狂ったように、そのミイラ化した死体の皮に体をこすりつけている。

「いったい、なんだろう、うわ、いやなにおいだ」

腐乱臭に耐えきれず、ぼくたちは犬をせきたて、すぐに松林をぬけ出したが、今から考えてみると、もしかしたら、それは『河童』の死体だったのかもしれない。もっとよく観察しておけばよかったと、今となっては悔まれる。

# 第5話　ぬらりひょん

昔、といっても昭和三十年代だが、貸本屋がブームになったことがあった。まだおぼえている方も多いだろうが、子供たちは学校から帰ってくるとすぐに五円玉や十円玉を握りしめて、貸本屋へいったものだ。今の漫画とは違って、厚いボール紙で装丁してある単行本を二、三冊立ち読みして、一冊借りてくるのだ。

そんな貸本を専門に描いている漫画家もかなりいた。かくいうぼくもその一人だったのだが、仲間に、三人ほどおかしなのがいて、いつもピイピイしていた。

作品はそんなに悪くないから、この三人には出版屋（あえて出版社とはしないで、出版屋とする。だって、せいぜい三〜四人しか従業員がいないのだから）からの依頼が舞い込む。

ところが、なかなか描かないのだ。催促すると、表紙だけもってきて、前借りを申し込む。いい腕をしていることは編集者のほうも知っているから、いくらかの金を渡して、締切りをはっきりさせるが、なに、そんな締切りを守るはずもない。

表紙はもう刷りあがっているのに、中味のほうはまっ白じゃ話にならない。呼びつけて描かせようにも住所不定のようなものだから連絡のしようもなく、結局表紙は刷り損になり、ましてや貸した金は返ってくるはずもなく、担当の編集者は社長に大目玉をくうことになる。

それでも、三人は憎まれなかった。わざとしているのなら、立派なサギだが、ごく自然にそうなってしまい、なんとなく許してしまうといった、ルーズさがあのころにはあったのだろうか……。

この三人を見ていると、『貧乏神』そのものとしか思えなかった。

つまり、『貧乏神』だから、本人に金がないのは驚くにあたらないが、近づく人たちにまで貧乏をふりまいていくのである。

三人とも、いつも恥じらうような微笑を浮かべており、親切で、至って善良なのだ。だからこそ、人も集まってくるのだが、いったん見込まれたら、不運に囲まれてしまうこと必定《ひつじょう》なのである。

貸本業界にもぐり込んでいた貧乏神はこの三人のほかにもずいぶんいて、編集者を泣かせたような気もする。

ぼくはこの三人を見ていると、いつも昔の人が『ぬらりひょん』とか『貧乏神』とかを

ぬらりひょん

考え出したのが、ごく自然のように思えてくるのだ。

『ぬらりひょん』という妖怪は、耳新しいかもしれないが、妖怪の総大将と目されるもので、なんとも奇妙な妖力を持っている。

たとえば、夕暮れの街角から現われて、どこからともなく家の中に入ってくる。

家の者は、まさか妖怪があがり込んできているとは思わないから、家族のだれかだろうと、それほど気にもとめない。夕暮れ刻《どき》で忙しくみな家事に夢中だから、正体を見きわめるほどのヒマもない。

つまり、この妖怪は、ただ単純に人を驚かせたり襲ったりするのではなく、人間の心理のすきまから、ひょいとすべり込んでくるのだ。

とはいっても、今様にいう2DKくらいの家だと、心理のすきまもヘチマもない。すぐにバレてしまう。やはり、金持ちの宏壮な邸宅で、出入口もたくさんある家でないと、いかな妖怪の総大将といえども忍び込めない。

忍び込んですることといったら、主人のキセルで煙草を吸ってみたり、お茶を飲んでみたりで、とりたててどうという悪戯《いたずら》はしない。なんとも雲をつかむような妖怪なのだ。これが、なんで妖怪の総大将なのか、ぼくにはわからない。ただ、三人の漫画家たちのひょうひょうとした生き方が、妙に『ぬらりひょん』にかぶさってくるのだ。

さて、『貧乏神』のほうだが、これは簡単明瞭で、ご存じのように、とりつかれるとどうしようもなくなる。

『譚海《たんかい》』という本にこんな話がでている。

真面目に働いて、それなりの生活をしていた男が、ある日の昼寝中に妙な夢を見た。ボロをまとった老人が、座敷にあがり込んでくるのだが、心当りはない。

その夢を見て以来、なにをやってもうまくいかない。前にもまして働くが、家運はますます傾いてしまう。とうとう、すべてをあきらめて、働きもせず、毎日不貞寝《ふてね》をしていた。すると、夢の中に老人がまた出てきて、男の家を出ていこうとする。男がそれを見ていると、

「わしが出たあと、ヤキメシにヤキミソを少しこしらえて、ムシロにのせて裏の戸口から持ち出し、近くの川に流せ」

という。

そこで目をさました男は、いわれた通りにしたら、ようやく、貧乏から逃れられたそうだ。

この老人なんかは、『貧乏神』の典型的な例だろう。そういえば、ヤキミソは『貧乏神』の大好物と、なにかの本で読んだおぼえがある。

『貧乏神』と『ぬらりひょん』は、人にとりつくといったところでは似ているが、決定的に違っているのは、女のことである。

『貧乏神』が女にとりつくといった話は、あまり聞いたことがないが、『ぬらりひょん』のほうは、やたらに女と見るとすりよっていく。

そんな男が七、八年前、アシスタントの中に混じり込んでぼくのところに来た。

〝混じり込んで来た〟とは妙ないい方だが、そういうしかないのだ。

そもそもは、熱狂的な読者を持つ漫画誌『ガロ』で、あやしげな漫画をいくつかぼくが見たときにはじまる。どこがどうと、はっきりとはいえないのだが、ぼくは、なんとなく〝あ、こいつは我が家に現われるな〟と不吉な予感がした。

もちろん、そんなことをいつまでもおぼえていたわけではない。二、三日もしたら忘れてしまった。

ところが一カ月もたたないうちに、そいつはぼくの眼の前に立っていた。たまたま駅前通りを歩いていたとき、若いくせに腰をかがめて歩いてくる男がいる。その男は、ぼくの顔を見ると十年来の知りあいのようを微笑を浮かべて、

「いまお宅へうかがおうと思っていたんです」

という。この一言で、ぼくはアシスタントに採用しようと決めた。今、思いだせば、な

貧乏神

にか〝魔に魅入られた〟というか、ついフラフラッとして採用してしまったようだ。

この〝ぬらりひょん〟アシスタントは、他のアシスタントとケンカなどはしないが、とにかく、めっぽう女好きで、我が家周辺の喫茶店や食堂の女の子に、片っぱしから手を出す。そのうち、女だけではものたりなくなったのか、男にまで妙な眼つきをする。

休憩のときに夢中になって読んでいるのが、かの稲垣足穂センセイのものとくれば、これはかなり重症だ。

おかしな奴だとは思っていたが、

「○○君（アシスタント仲間）のオシリは可愛らしいな」

などと聞くともういけない。

「あんたオカマかい⁉」

と強い調子でたずねてみた。すると、

「いえ、女のほうが好きですけど」

という。

これを平然というのなら〝クビだ！〟とも怒鳴れようが、頬をかすかに染めて恥ずかしそうにいうのだから、なんとも憎みきれない。ま、これが『ぬらりひょん』の所以《ゆえん》なのかもしれないが。

こいつはエライ奴が来たと思っていたら、そのうちに定刻に仕事場に来なくなった。どこでサボッているのかと思えば、なんと仕事場の二階に若い女の子二、三人をひっぱり込んで、さも愉快そうに酒を呑んでいる。

〝この野郎っ！〟と怒鳴ろうとしたら、ピョコンと頭を下げてあやまる。その様子がなんともおかしく、ついゆるしてしまう。

一度や二度くらいなら大目に見てもよいが、そのうち、我が家に出入りする女性編集者や近所の女の子にまで手を出すようになり、仕方なくクビにした。

その後の噂《うわさ》では、女から女へ〝ぬらりひょん〟と生きていき、優雅にバーなどに出没しているとか……。なんでも、さる女性編集者の愛人になって、いい暮らしをしているとも聞いた。

なんともおかしな奴だが、なんといっても『ぬらりひょん』だから、ぼくたち凡人の常識では、奴さんの生き方がわかるわけがないのかもしれない。ただ、ぼくたちには理解出来ないなにか〝X能力〟とかいったものを持っているのかもしれない。したがって、普通の人間では生きられない、特別に自由な方法によって、ほとんど困らずに生きているようである。

# 第6話　さざえ鬼

まだものごころもつかなかった時分、六歳くらいのころだったろうか、近所のばあさんたちにつれられて、島根半島の裏のほうを旅したことがある。

旅先の宿で、べらぼうにたくさんさざえがでて、子供のあさはかさか、すぐ大きな奴にかぶりつこうとした。

すると、

「あまり大きいさざえは、さざえ鬼という化け物になっていることがあるから、なるべく小さなほうをお食べ」

といわれた。即ち、大きなさざえを食べると下痢したりして死んだりする。それは逆にさざえに食べられたことになるわけだ。

物でも、生き物でも、歳へたものは〝化け物になる〟という古い言い伝えを教えてくれたのか、あるいは子供がさざえみたいに固いものをたくさん食べておなかをこわしてはいけないという老婆心だったのか、それはわからない。が、ぼくは子供の時から人一倍胃がよく、ものをよく食べたから、山陰の言葉で、ずいたといわれていた。ずいたというのは、人一倍ものを食べるいやしい者という意味だ。ぼくはなんでも食べたかった。

祝日にあげられる日の丸の旗を見ているうちに、どうしても金色にかがやく金の玉にかじりつきたくなってきた。親にかくれて、こっそりかぶりついてみる。塗ってあった金粉がはげて、硬い木の玉がでてきたが、子供の乳歯では、それ以上、文字どおり歯がたたない。

少したつと気分が悪くなってきた。金粉に毒があったのか、医者に連れていかれ、一時は大騒ぎになった。

しかし、ぼくは国旗の先についている金の玉を征服したという奇妙な優越感を持ったことも事実だ。

そんなぼくに、母がなんの気なしに、

「ヤギは紙を食べるそうよ」

と教えてくれた。

ヤギが新聞紙を食べるのなら、万物の霊長たる人間様に食べられないはずがあろうかなんてもので、その日の朝刊をバリバリとひっちゃぶいて、口の中に押し込んでみた。

押し込んではみたがかみきれない。そのうち、口中の水分を吸いとってふくれあがるはノドにつまるはで、金粉騒ぎに次いで、またまた大騒ぎとなった。

食べ物の追求に熱心だったといえば聞こえはよいが、なに、口がいやしかっただけかもしれない。ただ食物をさがす、ということにはなんとなく自信がついたことは確かだ。

それに、少々腐ったものを食べても平気だったから、胃のほうにもバカに自信がついてきた。

そんな妙な自信は軍隊に入ったときでもついてきて、毒ガスを吸って戦友がみな倒れても、自分だけは生き残れるだろうと、本気で思っていたほどだった。

この自信は食べ物に関してだけのものではなく、たとえば輸送船で太平洋を走っているときも、みんなは、敵潜に狙《ねら》われたらどうしようと、不安気だったが、ぼくだけは、沈められたところで、太平洋を泳ぎきりゃいいや、なんてノンキなものだった。

南方の孤島にようやくたどりついたのもつかのま、おいてきぼりを食わされてジャングルに逃げ込んだときなど、ぼくの自信が、生き残るためにずいぶん役に立った。

たとえば、

「これは食べられるか、食べられないか」

などと、数人の兵隊が考えている。食べたいのは山々だが、毒があったら、すべてオジャンだ。かといって、何も食べなければそのうち死ぬのも確実だ。自然に真剣にならざるを得ない。

そんなとき、ぼくが必ず試食する。頼まれもしないのに酔狂な話だが、食わなきゃ、仲間全員が餓え死にするかもしれないのだ。

それに、試食するたびに、自然の一種目を征服したという、なんともおかしな優越感をおぼえ、

「死ぬんじゃないか？　毒があるんじゃないか？」

などとは少しも思わなかったからおかしい。

今から考えると、バカじゃなかろうかとも思い、戦慄をおぼえるが、まあ、あれはあれでよかったのかもしれない。少しは人の役に立ったのだから……。

ぼくの試食家としての信頼をかち得た最初は、パラオ島でカタツムリを食ったことにはじまる。

高温多湿のパラオ島には、びっくりするほど大きなカタツムリが、うようよいる。ただでさえタンパク質の欠乏に悩んでいる兵隊がこれに眼をつけた。

眼をつけたのはよかったが、グロテスクな体を見ていると、だれも食ってやろうといいだすものがいない。

「フランス料理ではカタツムリを食べるそうだ」

近くでぼそぼそという奴もいたが、そいつもすすんで食おうとはしない。

タキ火にくべて、もう焼け上がっているころなのに、みんな眼と眼を見合わせるだけで、黙念とつっ立っている。

カラも焼けて、黒ずみ、なにやらサザエを連想させた。こうなると、ただでさえサザエが大好物なぼくの出番だ。

食ってみると、これが悪くない味で、夢中になって四つほど、たて続けに平らげた。

それを見ていた戦友たちは、我も我もと、食べはじめ、食料不足の折から、その後しばらくの間、カタツムリが常食になった。

次いで、ニューブリテンへと転進したときの話だ。ここら一帯には、大きな、〝パンの木〟と称する植物が群生していた。

もちろんぼくがこのパンの実も試食したのだが、あまりうまくて、つい、食べすぎた。すると、元大学の哲学講師だったとかいう兵隊が眼を三角にして怒る。奴さんも、ストア哲学なんぞを毒消しにもっぱら試食係を受け持っていたらしいのだが、ぼくがみるみる平らげたので不満だったのだろう。

カタツムリやパンの実でも、まだあるうちはよかった。戦況が進むにつれて、木の根っ

さざえ鬼

こをほじくりかえして食べるようになったころ、兵隊たちの切ない夢は、死ぬ前に銀シャリを一口食べたいということだった。

常食はパパイヤの根っこで、こいつは他の木のそれより、幾分かやわらかく、まあ食えた。ただし栄養はないらしく、ドラムカン一杯の根っこを煮て食うと、ほぼ同量のドラムカン一杯分の糞が出る。体にはなにも残っていないはずだ。

とにかく試食専門家としては、食べられるものをさがさなければいけない。妙な責任感をおぼえてジャングルにわけ入り、片っぱしから口にするがどれもあまりいただけない。

そのうちカナカ人の集落にわけ入り、ドブロクらしきものを呑まされひっくりかえり、それ以来、試食家としての自信もだいぶゆらいできたようだった。

そんな状態の我々兵隊にとって、手榴弾で魚をとる作業は楽しかった。なにせ動物性タンパク質が食えるチャンスなんて、このとき以外、まずない。

そこで夢中になるわけだが、捕る奴は中途で一、二尾失敬する特典が与えられる。

そこに悲劇が起こった。爆発のショックで浮かんできた魚を頭からパクリと丸呑みした瞬間、気絶していた魚が、気がついてしまったから大変だ。

ご存じのように、魚のウロコは、前進するにはなんの抵抗にもならないが、逆に引き抜こうとするとひっかかって、どうもこうもならない。魚は苦しがってどんどんノド深くに入っていく。

可哀そうに、その兵隊はとうとう窒息死してしまった。

ぼくはそのとき、食べ物に逆に食べられてしまったんだな、と思い、ふと、六歳のころの『さざえ鬼』の話をおもいだしていた。

化け物を食べると、逆に食べられてしまうわけだ。

昔の貧しかったころには、飢えから、いろいろな悲劇が、きっと起こっていたのに違いない。

今の日本のように、どこへ行っても飢えがないところでは、昔の妖怪も、だんだん住みにくくなってきているようだ。いや、不可能になってくるわけである。

# 第7話　たたりもっけ

子供のころ、近所に古い空家があって、よく隠れんぼなどして中に入ると、なんとなく何者かがいるような気配がして、ゾーッとしたものだ。これは、リトマス試験紙が酸やアルカリに対して反応するのと同じことで、やはり、そこには何かがいるわけだ。

というのも、ぼくは幼いころから、その家に入居した人たちをずっと見続けて来たけれど、どうしたことか、皆、不運になってゆくのである。不運といっても、病気などという生やさしいものではなく、〝爆発〟とか〝死〟という、激しい不運に見舞われる。

その空家は、陰惨な感じはするが、なにしろ田舎では便利な海岸通りにあったから、すぐに人が入る。

ぼくがものごころついたころ、そこでばあさんが亡くなり、その次に入っていた店は間もなく倒産、さらに船員が借りたのだが、夜中に五十トンくらいの漁船に紛失物を探しに行ったとき、どうした過ちか、漁船が突然爆発を起こし、船体は真二つに折れて、その船員は、船底に小判鮫《こばんざめ》のようにへばりついて死んでいた。ぼくの家の窓ガラスも、この爆発の衝撃で全部こわれてしまった。ぼくが小学校三年生くらいのころの出来事である。

それからしばらくの間、そこは空家になっていたが、やがて、近くの氷製造会社の事務員が夫婦で入ることになった。ところが、どうしたわけか、そこに入ったとたんに、その夫婦は離婚してしまったのである。

その次には、やはり同じ会社の新入社員が一人で入って、毎日菓子ばかり食っていたが、ある日の夕方、ぼくと海岸に積まれた材木の上を歩いていたところ、うっかり足を滑らせて、冷たい海の中にザブンと落っこちてしまった。彼は、金槌《かなづち》だったので、もう少しで溺れ死ぬところを、ぼくが、側にあった縄を投げてやって、どうにかその時は、一命をとりとめることができたのであった。しかし、その後、原因不明の病気であっけなく死亡、多分、菓子を食い過ぎたためではなかろうかという話ではあった。

さらに、性懲《しょうこ》りもなく（？）、同じ会社の事務員で、熱烈な恋愛の末結ばれたという若夫婦が借りたのだが、やはり、入ったとたんに愛妻が病気になってしまった。

病気といっても、風邪くらいならまだよいが、何やら長い名のついた聞いたこともない奇病である。あれよあれよという間に、小便、糞、たれ流しという事態に陥り、生死の境をさ迷う有様。なにしろ、熱烈な恋愛の末結ばれた仲だから、何人もの名医に診《み》てもらったりして大へんな出費である。しかし病気は治らず、あげくに、夫は会社の金を使いこみ、山の中に逃げ込み、そこで進退窮まって、首吊り自殺してしまったのである。

病妻は仕方なく、両親に連れられて、いずこかに去って行った。

こんなに不連続きの〝魔の家〟でも、田舎の人はノンキなもので、だれ一人として気がつかない。というよりも、人生そのものが不運のカタマリであると信じ込んでいるせいか、住宅が不足を極めているせいか、空家はすぐにふさがる。

今度入ったのは、岡山県かどこかの農家の一団だった。

なにしろ終戦後の話だから、どこどこに金塊が埋まっているとか、どこどこの沖に軍の金塊を積んだ船が沈んでいるとかいった、宝島みたいな話がゴロゴロしていたから、岡山県あたりの村のだれかが、宝島ならぬ宝の海の話をまことしやかに語ったのであろう。

二十数人の農家の一隊が、潜水夫を雇い、自らも小舟を操り、美保関《みほのせき》沖にときならぬ金塊探しが始まった。

ところが一カ月たっても、二カ月たっても、金塊はなかなか出て来ないどころか、金塊探しの重要な要素である沈没船すら見つからない。そのたびに、なんとか軍資金の出所を工面していたらしいが、やがては田畑さえ売り払い、ついにはそれすら底をつき、とうとう仲間割れが起きた。

もっともそのころには、どうやら錆《さ》びついた沈没船だけは発見していたらしいが、金塊

不運を呼ぶ〝魔の家〟

らしきものはどこにも見当たらなかった。

仲間割れによる殺人事件こそなかったが、醜い刃傷沙汰《にんじょうざた》によって、彼らのこの金塊探しはあっけなく幕となったのである。

もともとの宝船まがいの筋立てが無茶苦茶だったのか知る由もないが、なんでも、その農家の一団は、最後には一日芋一つで頑張ったという話である。これだけ頑張って何も得られなかったわけだから、これは不運といわざるを得ない。やはり、空家を借りたのがいけなかったのだろうか。

さて、次にこの空家を借りたのは、善良なる小船の船員、すなわち、二人か三人で付近の小魚などを捕る漁師だった。

この男は、そこに入居したとたん、小船を操って魚をとる地元の古親分に、

「だれにもいうなよ。お前にだけ、魚の集まる場所を教えてやろう」

といわれて、秘密の漁場を教えてもらったのが運のつき、ある日、酒に酔った勢いで、友人たちに、うっかり、これをもらしてしまったのである。

さあ大へん、古親分とこの男だけが知っているはずの秘密の漁場に、皆がわんさと押しかけて来た。怒り狂ったのは古親分である。

「この野郎、ぶっ殺してやる」

お前にだけ魚の集まる場所を教えてやろう……

鬼の形相《ぎょうそう》で、男を追いかけ回した。

男は恐怖のあまり、小船の船底に七日間かくれていたところ、空腹で仕方がない。船底からはい上がっては、残り物を食ってどうにか飢えをしのいでいたらしい。

八日目に、ようやく家に帰り着いたが、いきなり発熱し、ばったりと倒れ伏した。医者が来たときには、すでに手遅れで、病名はワイルス病。この病気は、ネズミからうつるものらしく、多分、船底でネズミの食いかすを口に入れたからだろう。

死んだと聞いて、古親分、「おれが悪かったのだ」と深く反省し、葬式の日、泣きながら焼香をすませたが、その古親分も、一年後、酒の飲み過ぎでぽっくりあの世へ行ってしまった。

次には、小船を二、三隻持つ船主が入居してきたが、たちまち、災難に見舞われた。運転する自動車が線路上に止まってしまい、動かないので、おかしいなと思って車から降りたとたん、列車が車に激突、本人はかすり傷程度で間一髪、命は助かったものの、車はスクラップになってしまった。

このおっさん、よせばいいのに、いかつり船を始めて、案の定《じょう》、いかは捕れないわ雇った船員に給料は盗まれるわで、さんざんの失敗、ほうほうの体《てい》で家から逃げ出した。

その次にやって来たのは、船を何隻も持っている大船主である。まず起こったのは、沖の漁場での不可解な殺人事件。機関長が何者かによって、海に突き落とされたのである。それから間もなく、二百トンの新造船が北海道で転覆し、十三名の船員が全員死亡。もっとも、船主には少々の保険金が入ったらしいが、もうけなどない。どうも漁船操業ばかりでは不運続きだというのだろう、漁船の塗装も始めた。ところが、造船不況で船のペンキどころではない。たまに仕事があると、ひどくせかされる。あるとき、造船所で夜通しペンキを塗って、いよいよ明朝完成という土壇場で、シンナーに引火、新造船は大爆発を起こし、死亡七名、重軽傷二十数名という大惨事を招いてしまった。しかも、不気味なことに、死亡した七名全員が、その家を借りた大船主の使用人だったのである。

以上が、現在に至るまでの〝魔の家〟にまつわる記録である。これからも、こうした、不運というか、偶然というか、怪奇なドラマは続くかもしれない。

いずれにしても、この家には、ぼくが子供のころに肌で感じたように、ナニカがとりついているのである。田舎でも火事はあり、大火も二、三度あったが、この家は建てられてから七、八十年にもなるのに、ぜんぜん焼けもしない。

八十二歳になる親父に、この家の怪について聞くと、

「うん、あの家では昔からドエライことが起こるんだ。まあ、何かのタタリとしかいいよ

うがないねえ。お前が生まれる前に借りていた人で、発狂して山で首吊り自殺した人もあったからねえ」

と、親父も、その家の怪については、気がついているようだった。

家に住む怪としては『たたりもっけ』というのがあるが、これは幼児の形をした妖怪である。その家に代々住みついて、いろいろ悪さをするというから、『ざしきわらし』のような、家霊の一種と思われる。

『たたりもっけ』は、その家から去らないといわれる。そうしたことから、その家で幼くして死んだ霊ではないかと説く人もいるが、だれも真相をしかと見届けた者はいないから、どうともいえない。要するに、こうした現象を事実とみて、昔の人は、

「あっ、あの家にはたたりもっけが憑《つ》いている」

と、いったわけなのだろう。

こうしたことは、昔からあったので、家相に凝《こ》ったり、家相の専門家みたいなのが、やたら輩出する原因になったのかもしれない。いずれにしても、こうした〝家の怪〟は、妖怪と同じく、ないといえばないのだろうが、あるといえば、やはりあるのだろう。

# 第8話　奇人・変人

奇人変人バカの内という言葉があるが、どうもこの世の中で楽しそうにくらしている人たちには、奇人変人のたぐいが多いみたいだ。

どうしたわけか昔からぼくは、この奇人変人さんたちと縁が深く、あるときはやれアシスタントにしてくれとか、また別のときには意味もなく、家に押し寄せられたりして手を焼くことがある。

なかには奇人変人の本格派もいて、踏みとどまるべき最後の一線をとうとうこえてしまって精神病院に入ったけれど、それでもまったくなおらず、あげくのはてはウワゴトみたいに「ミズキ、ミズキ」と叫ぶから家族としても、こりゃあ何か神秘的なつながりでもあるんじゃなかろうかというので連れてきたケースもあった。

もっともぼくのところにいたアシスタントのなかにも、すでに二、三人ほど病院のお世話になっているのもいるから、浅からぬ因縁があるのかもしれない。

それはともかく、奇人変人さんというのは何かしら妖怪に似たフシがあって、数多くいる妖怪のどれかにあてはまるようにも思えるのだ。だからぼくは、妖怪のモデルには恵まれていたことになる。

ぼくの描いた『ゲゲゲの鬼太郎』の中に〝吸血鬼エリート〟というのがいるが、じつはあの主人公のエリート氏、しばしばわが家に模型の軍艦を持ってきてくれた熱烈なファンがモデルなのである。

彼は国内で発刊されたマンガはひとつ残らず保存しているほどのマンガ狂で、ひとの目の前に突然あらわれる特技を有していた。

その日も巨大な航空母艦のプラモデルをかかえて、不意に出現した。

「きょうはまたどうしたんです」

と聞くと、ニヤニヤ吸血鬼そっくりの歯をむき出して笑い、

「ちょっと驚かしてやろうと思ってね」

おもむろにオーバーの下から、もっと大きな軍艦のプラモデルをひっぱり出した。あまりの大きさにびっくりしていると、彼はいよいよ満足げに吸血鬼のような口を大きくあけて、ニターリと笑う。その瞬間、ぼくは「これだ！」と思ってエリート氏をこしらえたのである。

彼には悪いが、あのときの様子は奇人というより半妖怪といったほうが、本当にぴった

りの感じだったのである。
四、五年前に出会った五島列島の奇人さんは、もう年寄だった。福江という所の町はずれに、奇妙キテレツな家が建っている。あまり変な形をしていたからこの家を建てた人の心も、きっと奇怪だろうと思って近所の人にたずねてみると、
「ああ、あのおじいさんはねえ。海岸で丸太に彫られた仏さんを見つけて、なんでもその本堂を建てるっていうんで、かれこれ十年ほども、ああしているんですよ」

どうやらそのおじいさんは何か天の命令に従って、やらねばならんという気構えらしく、家族の者がとめようがどうしようが全く言うことをきかず、いわば至福の状態で作業にうちこんでいる。そうしている間に身内のひとも一人去り二人遠ざかって、おじいさんだけが残ってしまったということだった。老人はときどき托鉢《たくはつ》をしてくらしていると近所の人はいっていた。

とにかく奇妙な丸太にとりつかれたおじいさんを訪ねてみようというので、変てこな本堂の前で声をかけたが、どこからか返事はあれども姿は見えない。キョロキョロしているうちに、ようやく上のほうから声がふってくるのに気がついた。

五島列島の変人さんは、いま建設作業の真最中だったのである。

おじいさんはボロボロの破れズボンをじかにはいただけの恰好で、高い所で仕事をして

いた。それをまともに見上げたからたまらない。裂け目からはみ出した睾丸やら肛門やらを、もろに見てしまうはめになった。けれど、彼は本格的な奇人らしく、そんなことには一切かまわずに、じつに堂々とぼくの前におりてきて、礼拝堂とおぼしきあたりに案内してくれたのだ。

そこには賽銭《さいせん》が、あちこちにちらばっていた。仕方なくぼくも千円ばかり奉納すれば、おじいさんの目には同好の士と映ったのか、まるで十年来の知己に話しかけるみたいに、綿々とこの奇怪な家の建設に至るまでの歴史を語りはじめたのである。

その物語はあまりにも長くて、聞いているだけで十年以上かかってしまいそうな気配だったから、後半のほうはあとでうかがうことにして、早々に逃げてきたのであるが——。

思いかえしてみると、あのおじいさん『子なき爺』に似ているのである。

『子なき爺』っていうのは四国の山中にいた妖怪で、顔はシワくちゃのじじいだけど声は赤子《あかご》そっくりに「オギャー」と泣く。かわいそうに思って抱こうとするとその途端、急に重たくなってかじりつき、相手が死ぬまで離れないというシロモノである。

顔つきは違っているが、あのじいさん、ココロの中はなんだか『子なき爺』みたいだ。いやひょっとしたら、丸太にとりついていた『子なき爺』がじいさんにのり移ってしまったのかもしれない。

奇妙な家を建築する子なき爺に似た老人

十二、三年も前のことだが、帰宅するとぼくの見知らぬ小柄な男が、ばかに親しげに出迎てくれたことがあった。その小男はぼくをみるなり、
「私は〝ゲゲゲのゲ〟という本を出しているものですが。ヒヒヒ」

と奇怪な声を出して笑う。風変わりなこの相手の正体も、ぼくを待っていた目的もわからないし、適当にあいづちをうってさぐりを入れてみようと、

「変わった名の本ですねえ。するとあなたは評論家ですか」

「いえ、絵かきです」

持っていたスケッチブックをさし出した。手にとってみれば、中には女性のシンボルが克明にぎっしりと描いてある。

「こんなもの描いてちゃ、売れないでしょう」

「いや、売れんでもいいのです。私は怪奇とセックスだけにしか興味を感じない人間ですから」

小男はすまして答える。じゃあ、どんなふうにして暮らしているのですか、といちおう尋ねてみたら、

「食うほうは大丈夫。私は一週間くらいの断食はしょっちゅうやってます。それに断食すると、胃もよくなりますしねえ。家にしたって、ここと決まったものはいらないんです。

子なき爺と砂かけ婆

岩手の山奥に行ったり、九州の炭坑に行ってみたり、長野の山の中でせせらぎの音をきいていたりしていますよ」

「なにもせずに日本中を旅行なさっているところをみると、お金持ちなんですね」

「いや一銭もありません。ただ歩くのです。腹がへったら、畑の大根でもとって川で洗って食べるのです。新鮮でなかなかうまいものです」

ぼくは、へーえ、と感心しているばかりである。

「まあときには、ニコヨン（日雇い労働）をすることもありますが、金を使わず、自由にしたいことをしとります」

「いったい何年くらい、そんな生活をしてるんです」

「八年ほどになりますかな」

そのころのぼくは、二十年近く絵と作でメシを食っていたのだけれど、一日としてゆっくりくつろいだ気分にはなれなかった。ところがこの男はそんなことにまるで関係なく、自由気ままに旅をし、好きなことをやって八年間もくらしているのだ。うらやましいやら妬《ねた》ましいやら、しまいにはこの人、ほんとうの妖怪ではなかろうかと思ったほどだ。

そうして話をしているうちに、いきなり柱時計が二つ鳴った。さあ困った、もうこんな時間か。ぼくの家は狭いし、そのうえ、この得体の知れないお客人は汚ない恰好をしていて、少し臭うようだし。

時計を横目にもじもじしているうちに相手もぼくの気持を察したのか、ようやく帰り仕度をはじめてくれた。

これ幸いと送り出してはみたものの、こんな時刻に電車の動いているわけはない。仕方がない、泊めてあげようと決心して、彼のあとを追いかけていった。

ところが——いないのだ。いくらさがしても見つからないのだ。しまいには駅まで行ってみたが、だれもそんな人は見かけなかったという。家内も家の近くをずっと捜しまわっていた。やはりいなかった。まるで闇に溶けてしまったようだった。

「せせらぎとかいってたな。そういえば顔つきが小豆あらいという妖怪に似ていた……」

何気なくつぶやいた自分の言葉に、一瞬、ぞっとするものを感じて、ぼくたちは顔を見合わせた。

ＳＦなんかで、宇宙人が人間の中に混じっているといった話をよく聞くが、妖怪だってそうかもしれない。人間みな同じだと思うのは間違いで、何くわぬ顔した妖怪が、ぼくたちの周りにはたくさんひそんでいるのかもしれない。

# 第9話 怪人

怪人といっても、「わかるかね、アケチくん!!」の二十面相のことではない。人間離れした、規格外の特製人種のことである。

いま考えてみると、どうもぼくは子供のころから「怪人」に愛される素質があったみたいである。

はじめて愛された「怪人」は、ずっと小さいときに近所に住んでいた、おがみ屋の、のんのんばあというばあさん。「狐《きつね》憑《つ》き」だとか「トウビョウ憑き」をおとすのを仕事にしていたおかたであった。

このばあさん、霊界を仕事場にしているだけあって、妖怪お化けのたぐいととても仲が良い。妖怪世界のすみずみまでよく知っているようだった。

いつだったか、海岸のほうから「おぎゃーおぎゃー」と赤ン坊の声が聞こえてきた。あれ、いまごろどうしたんだろうと思って出かけてみたが、夜の浜辺にはだれ一人見あたらない。それなのに赤ン坊の泣き声は、海風に遠くなり近くなり相変わらず聞こえてくる。

捨て子かもしれない、そう思って声のするほうを探し歩いた。材木の陰を見た。川のほとりの廃船のなかを見た。壊れかかった網小屋も見た。どこにも赤ン坊の姿はなかった。もうあきらめて帰ろうと思った途端、正反対の方向から泣き声がした。でもその声は赤ン坊のものではなく、子供心にも何かぞっと背すじが冷たくなるような魔物の声だった……。

ぼくの話を聞きおわると、のんのんばあは事もなげにいってのけた。

「そりゃあ、川赤子《かわあかご》の仕業じゃよ」

『川赤子』のほかにも、音をたてるのには『野寺坊』というのがいるそうな。こいつは、だれもいない山の中や古寺で、鐘の音を聞かせてくれる妖怪だという。

のんのんばあと二人で道を歩いていたときもやっぱり、出た。

ばあさんを見ると妖怪も親近感をおぼえるのか、夜道を歩いていると、二人の足音以外になにやらもう一つ下駄の音がする。ぼくらの足音が響いているのではない。たしかにもう一つの足音が真後ろからついてくるのである。

うす気味悪くなって、振り返ってもだれもいない。横にいるばあさんの袖をひっぱっておしえたら、ばあさん動じる様子もなく、にこにこしながら、

「べとべとさん、ついてきなすったな」

落ちついたものである。しばらくいってから、やにわに、

「べとべとさん、先へおこし」

声をかけてちょっと脇によけると、これはどうしたことだろう、背後に聞こえていた足音は、それからぴたりとやんでしまった。まったく凄いばあさんである。

のんのんばあは、幸か不幸か、ぼくが小学校四、五年のころに亡くなったんだが、幼くしてこの強烈な妖怪特訓を受けた子供は、もうたまらない。学校の勉強もそっちのけで、怪しげなことにばかり関心をもつようになってしまった。思えば、ぼくのルーツは、このんのんばああたりにあるのではないだろうか。

時は流れ、戦後になってから、怪人2号に出会うことになった。

神戸で紙芝居をかいていたころである——ぼくがいたのは劇場街の近くの新開地で、隣は「水木湯」という銭湯、前の道も「水木通り」、そこでよせばいいのに紙芝居のペンネームを「水木しげる」にしてしまった——。このとき紙芝居をかくかたわら、パンを求めてアパート経営もやっていた。ところが、のんのんばあに特訓された成果がここで実り、アパートに来るのは奇人変人さんのたぐいばっかり。そのうちでも最高水準をいったのが「ポンプさん」こと怪人2号、である。

アパートの二階にストリッパーと楽隊屋さんが住んでいたのだが、このスト嬢から「ポンプさん」の興行があるので宿をかしてくれ、と話があった。何のことやらわからず、よ

川赤子

くきいてみると、「ポンプさん」というのは飲み込んだ品物を胃の中から思い通りにとり出せる芸のできる人のことらしい。

「内臓を自由にあやつって、ナイフでもカミソリでも出したり入れたり。そりゃ大変な芸です」

横合いから楽隊屋さんも口をはさみ、

「これ内密な話ですけどね、ポンプさんは男のナニも自由に大きくしたりできるんです。大きな声じゃいえませんがね、おそれ多くも天皇陛下の御前で、この秘技をご覧にいれてですね、ナニを三十センチから四十センチに自在にあやつってですね、陛下もことのほか喜ばれたという話もあるんですよ」

実際に四十センチを見る機会にめぐまれなかったのが、つくづく残念だった。もっともぼくのような、しがないアパートのオヤジさんに感心されるより高貴なかたの喝采《かっさい》をあびるほうが、芸の奥義の披露の仕甲斐があり、芸人冥利《みょうり》に尽きるというものである。

怪人2号とは興行のあと別れ別れになってしまった。

アパートをたたんで、東京に出る決心をしたのが、怪人3号とのめぐり合いの序曲だった。

東京では、あのヒゲの田辺一鶴さんたちといっしょに亀戸《かめいど》の安下宿に巣食っていた。ヒゲの一鶴さんも変わった人だけど、「怪人」とまではゆかない。

怪人3号は、ぼくの仕事が軌道にのりはじめ、水木プロをつくったころ、ふらりと訪れてきた。その名を「つげ義春《よしはる》」という。この先生、いまは有名な劇画の天才であるが、最大の怪人だった。

うちに逗留《とうりゅう》して、一週間ほども経《た》ったころか、沈思黙考していた彼が突然、

「首のうえに頭がくっついているから、とても重たい」

と、つぶやいた。はじめは「へっ⁉」ニュートンぐらいの偉い人しか考えたこともないだろうあまりにも「根源的《ラジカル》な」問題提起だったもので、一瞬たじろいでおたおたしたのだが、内心ひそかに思い直してみれば、首のうえには頭がのっかっており、それを支えるのは苦しくて重たいことに違いはない。でも、動物園のキリンがいうのなら、まだ話はわかるけれど、人間さまが真面目くさって、オレの頭が重たい、などといわれてもどうしようもない。いろいろ考えた末、仕事机の横に板を張り、目かくしも兼ねた背もたれならぬ首もたれをこしらえた。

それでも彼をすわらせる段になって、この人のことだ、全身で、それも力いっぱい寄りかかるかもしれない、と不安にかられ、

「いいですか、つげさん。絶対に全身でもたれかかってはいけませんよ」

と、注意すると、

「いや、首をななめにして、板で支えているだけでも、ずいぶん違うんです」

と落ち着いていう。つげさんは巨大な首をななめにして仕事をしていた。

しばらくすると氏は手首の動かなくなる病にとり憑かれて、板付きの仕事机から離れざるを得なくなった。変わった人は病気まで変わっている。

ところが、病気静療中のつげさんは、ここにいたっても怪人ぶりを遺憾なく発揮するのである。自宅に折りたたみ式のサマーベッドを買って、眠るがごとく空気に同化するがごとく、一日中じっと半寝の形で動かない。ほんとうに石になってしまったような按配《あんばい》である。

暑い時分だったから窓は開けっ放し、外の風がそのまま石化したつげさんに吹き当たる。そのうち窓辺にエサをさがしにでも来たか、雀が二、三羽舞いおりた。

その日は遠慮がちに遊んでいた雀どもも、数日もすると警戒する様子も見せずに、ぴょんぴょん部屋の中まで入ってきた。部屋のあちこちをわがもの顔に探索してまわり、しまいにはつげさんの膝のうえにも上るようになった。石の地蔵さんの頭の上で雀がたわむれているという図である。

それからまた何日か後のこと、雀は迷わずつげさんの体のうえに飛んできた。おまけに

石化する怪人・つげ義春

ワラをくわえて、何度も往復するんだ。巣を作るつもりらしい。このときになってつげさん、はじめてあわてだした。

雀が石化して自然と一体になったつげさんを物とまちがえたのか、つげさんの体から雀をも「つげ化」するある力が発散したのかは、よくわからない。でも彼の使った物を別の人が用いると、しばらくはつげさんと同じように、金しばりのようになって二、三時間は動けなくなるから不思議である。たとえば、つげさんの寝ていた、一名サマーベッドともいわれる寝椅子に、つげさんのいないときに寝たが最後、そこから動こうとする心を失ってしまうのである。

「お前いつまで寝ているんだ、もう四時間にもなるよ」

といわれて、初めてハッとするといった具合なのである。

# 第10話　宇宙人

ＵＦＯなるものが騒がれているが、ああいったものは、本当に宇宙人のものかどうかは知らないけれども、昔からあるものらしい。

江戸時代の日記とか随筆なんかにも、それとおぼしき不可解な〝怪火〟の話などがよく出てくる。

あれは、ぼくが五歳くらいの時だったと思うが、二階で何かの拍子に一人ぼんやりしていると、急に地震になった。それで、おどろいて窓のほうに行ったら、ちょうど一銭銅貨くらいの大きさのものが、頭上を飛んで行くのが見えた（昔は、一銭銅貨という百円くらいの茶色の通貨があった）。

今から考えると、それがＵＦＯだったのかも知れない。

ぼくはまだ何も知らないボンボンのころのことだから、地震の時は、空に一銭銅貨みたいなものが飛ぶものだとばかり信じ込んでいた。

昔、箱根あたりによく出現したといわれる〝天狗火〟は、遠くでパッと光ったかと思うと、あっという間に低空でこちらの屋根すれすれに飛ぶので、それが出現すると住民は戸を閉めたといわれる。この光る物体も、もしかすると、いま流行のＵＦＯのたぐいだったのかも知れない。

また、今の中野区あたりが、武州多摩郡本郷村と呼ばれたころ、「石塔飛行」という怪事があった。これは、村の小さな丘から、提灯くらいの橙色《だいだいいろ》に光るものが、ずっと向こうの山際まで飛んで消えるのである。これが毎晩のように出る。

この怪事を見届けないのは、村の若い者の恥だというので、何とか正体を見届けようと寺の近くで頑張っていると、そんな時に限って、なかなか出ない。そのうち、寺の和尚《おしょう》も仲間に加わった。そろそろ皆が諦《あきら》める時分、夜中の十二時（九ツ）ごろ、丘の上から光るものがパッと現われた。夢中になって皆は被《かぶ》っていた笠を投げる、石を投げる。すると、光はパッと消えて田の中に何か落ちた。駆け寄ってみると何とそれは石塔のかけらだった。それで石塔が飛行していたのだろうということになったのだが、これもおかしな話だ。まさかＵＦＯが石塔を引き寄せようとしたわけでもないだろうが、どうもＵＦＯの存在を証明するような出来事だったのかも知れない。

こういう話は、拾い始めるとあちらこちらにいっぱいあって、なかなか興味深い。

昔、奈良県南葛城郡松塚村の川堤に、「小右衛門火」というのが出ている。

武州・石塔飛行の怪

この火は、主として古墳を訪問する。古墳から古墳へと渡りあるくわけだが、大きさは「石塔飛行」と同じように提灯くらいで、いつも地面から一メートルほど離れている。そして大抵、曇った日か霧のあるような日に現われたという。

巨大なUFOというものがあるとすれば、これらはその母船からさし向けられた一種の偵察か、調査といったものではないか、とぼくは思う。

松塚村の小右衛門という百姓が、この怪火を見届けようと、ある日、この火に近づいてみた。火は北から南へ飛び、小右衛門は南から北へと歩いた。この火は小右衛門の前までくると、急に高く舞い上がり、頭上を飛びこえたが、その時怪火は流星の唸《うな》り声を発したという。

小右衛門は不思議に思い、あくる日、怪火を待ちかまえていて、棒で殴りつけたところ、怪火は数百の小さな火の玉となり、彼を取り囲んだ。

おどろいた小右衛門は、あたりを棒で打ち払い、やっとのことで囲みからのがれて、あわてふためいて、家に帰ってきた。しかし、小右衛門は以来病みつき、まもなく死んでしまったという。

それで、この火を「小右衛門火」というようになった訳だが、この火はたしかにUFOの偵察用のものだったのだろう。それを知らずに妨害したので、小右衛門はやられたのだと思えなくもない。

『ぬりかべ』という妖怪は、人を前へ進めなくするお化けの一種であるが、これなどは、UFOから調査員みたいなものが地上におりて、何か調査する時に、我々を近づけないための、なにかなのかも知れない。

というのも、『ぬりかべ』は、思わぬ所へ突然現われる。現われても目には見えにくい。そして、しばらくしてから道を開けるわけだが、その間に偵察員はエンバンに来るなりしたのであろう。

鹿児島地方に出没する『一反木綿《いったんもめん》』という妖怪は、フワリと空中に現われるらしいが、これも考えようによっては、UFOか何かの偵察なのかもしれない。

また、山中などで『つるべ落し』という妖怪は、いきなり人の眼の前に落ちてきておどろかせるということになっているが、これなど偵察に来た宇宙人みたいなもののあわてふためくさまと考えれば、たいへん面白い。おかしくさえある。

書きながら気付いたことであるけれども、UFOの偵察と考えれば、辻褄《つじつま》の合う妖怪現象がずいぶんある。

『豆狸《まめだぬき》』といって酒の好きな妖怪がいるといわれるが、これなどは、気が合うと八畳間くらいの部屋へ呼んで、酒を飲んだり話をしたりするらしい。ところが、何か気に入らないことがあると、パッと部屋もろとも消えて、招待される者は外にほうり出される。狸の金玉、八畳敷きといわれるゆえんだが、これなど偵察用の小型円盤とも考えられる。円盤というヤツは姿をくらますことが上手だから、ポイと人をほうり出して飛行することくらい朝飯前だろう。

下野《しもつけ》の益子《ましこ》あたりでは、夜中に遠方でコツコツと餅の粉をはたくような音が聞こえ、この音がだんだんと近づくのを搗《つ》き込まれるといい、遠ざかって行くのを搗き出されるというのだそうだ。これは見ようとしても見えない。きっとUFOのエンジンの音だろう。

これに似たことは方々にあり、関西では隠里《かくれざと》の餅《もち》つきと呼び、この音を聞いた者は長者になる、という言い慣わしがある。

また四国では夜中に畳を叩《たた》く音があり、これは狸のしわざと見られており、和歌山では同じくバタバタといい、いずれも姿は見えないのだ。

ぼくにいわせれば、「狸囃子《たぬきばやし》」という、深夜いずこからともなく聞こえる太鼓を叩くような音も、姿が見えないものだから狸のせいにしているわけで、本当は近くに降りたUFOのエンジンの音であるのかも知れない……などと考えれば、カミサマが宇宙人だというのと同じくらいには、何となく理解できるような気がするから、おかしなものだ。

ぼくは偶然ニューギニアで「空木返し《そらきがえし》」を体験したことがある。日本でも同じような現

UFO

象があって、よく「天狗《てんぐ》なめし」とか「空木返し」とかいい、夜中に大木が地響きをたてて倒れる音がするが、翌日行ってみると何ともないという現象だ。

日本でも外国でも同じような現象があるところを見ると、案外ＵＦＯみたいなものが慌《あわ》てて飛び立ったのかも知れないのだ。そんなことを考えると、何だか楽しくなって来ませんか……？

倉の中にいるとか、旧家にいるとかいわれる東北地方の『ざしきわらし』は、姿を見たものはあまりいない。明治三十年だかに出た『ざしきわらし』は、どう見ても、小学校一、二年の子供のようにしか見えなかった。

関西のあまり売れない作家で宇宙人を見たという人が、二、三年前に、ぼくの家を訪れたことがある。宇宙人の背の高さは小学校一年生くらいで、話にきく『ざしきわらし』に似ていたそうだ。

その人は、風呂に行こうと表に出たところで、バッタリと二人の宇宙人に出会ったわけだ。赤い顔をした二人がニヤニヤしながらついてくるので、びっくりして彼は自転車屋に駆け込んで助けを求め、そこの親父さんと一緒に表へ出て見たところ、もうその宇宙人はいなかったという。

「それは何かの錯覚ではないですか」

と私が聞くと、その人は、

「いや、とんでもありません。五分間は眺めていたし、自転車屋の親父も、私の顔が真っ青だったことを認めていましたからネ」

と語った。

そういえば、『ざしきわらし』を見た人は皆、そいつの顔は赤いといっているところからみると、案外、『ざしきわらし』というのは、宇宙人の一種であるのかも知れないではないか。

いろいろ思いつくまま地方の妖怪のことを書いたけれども、いずれにしても、宇宙人と妖怪とは密接な関係があるのだろう。宇宙人は大昔からいたのである。ただ、昔はＵＦＯだとか宇宙人などという言葉がなかったから、どうしてもそのときどきの印象によって、『火の玉』だとか『大入道』だとか『一つ目』などと呼んだのかもしれない。

『老人火』といって、老人を供にしている怪火だとか、鳥を従えている火などは、やはり、どう考えてもこれは宇宙人くさいような気がする。

# 第11話　エネルギー泥棒

ぼくは生まれつき、どういうわけか、うまくしゃべれない。

鏡に向かって舌をつきだしてみると、牛の舌のように食べたらうまそうだなと思わせるような舌が見え、厚く肉がついている。食べたらうまくっても、この種《て》の舌はしゃべるのには向いていない。

なんといっても重いのだ。ペラペラしゃべれる人の舌を軽快なスポーツカーとすれば、ぼくのなどは、トラクターみたいなものかもしれない。それだけに、舌を動かすのにエネルギーが人の数倍かかる。だから、ふだんはゆっくりしゃべれるからそれほど疲れないのだが、いざ講演などということになると、まさか歌舞伎のセリフみたいにゆっくりはしゃべれず、かなりスピード・アップすることになる。

これが疲れるのだ。

それなのに、講演の依頼がきわめて多く舞い込んでくる。電話で頼まれても、たいていは断わるが、たまたまぼくが寝呆けているときにかかってきた電話に、断わるつもりで

「アー」とか「ウー」とかいっていると、いつのまにやら引き受けたことになって、あとで困ることも多い。

　直接ぼくの家を訪問する者もいる。たいていが怪奇好みの大学生で、講演を頼むことなどオクビにも出さず、

「猫の幽霊を見ました」

　とくるから、つい、ぼくも、

「猫の幽霊？　そんなのあるのかなあ」

　と話が深入りしてしまう。

「ありますよ、だってぼくははっきり見たんですから。その猫ってのは、ぼくの家の飼猫だったんですがね、かわいそうに、家の前で下半身を自動車にひかれて死んじゃったんです」

「ふん、それで？」

「つい先日の夜、眠ってたら布団の下のほうが重いんです。それで眼を覚ましたら、飼猫が哀しそうな顔をしてぼくを見つめていましてね。ふと見ると、下半身がないじゃありませんか……」

　こうなってくるとぼくの負けだ。ついつい話にひきずり込まれて、気がついたときには、

某月某日、何時よりと講演を引き受けさせられている。いくら、あとで頭をかかえたところで、もうおそいというわけだ。

講演での失敗はいっぱいあるが、一年前に親しい書店の親爺さんにくどく頼まれてとうとう引き受けさせられた、あるロータリー・クラブ主催の講演会もひどかった。

講演会場にでかけていくと、その日はクラブの設立三十周年だか五十周年だかで、ワインが出ていた。重い舌が少しでも軽くなるのなら、と、呑みつけぬワインを最初は軽く一杯というつもりだったのが、いつのまにやらボトル一本、あけてしまっていた。

あとは無残で、登壇するころには眠くなっており、しゃべりはじめても、なにをいっているのか自分でもわからないしまつ。

そこで、えいメンドウだとばかり、話をお化けにかえてしゃべりまくった。終わったとき、割れるような拍手をもらったがそれで眼がさめたというのだから、なんともいいかげんな講師である。

翌日、書店の親爺さんがやってきて、講演というのはたいてい話がかたくて聴衆のほうが居ねむりするのがふつうなのに、講師が居ねむりをはじめそうになるなんてはじめてだといって笑っていた。

区役所から、成人式に「我が道を行く」と題して私の半生をしゃべれといわれたこともあった。どうせお役人の主催する集まりだから人も少いだろうと気軽に出かけて驚いた。二十歳になったばかりの生き生きした大勢の若者と、前列には町の名士がキラ星のごとく、教育委員だとか、校長先生などという苦手の人でうまっていた。

　ぼくはびっくりしてしまい、一時間しゃべる約束が三十分足らずで終わってしまった。これじゃ約束がちがうといわれそうなので、そのまま、講壇をおりてしまった。

　聴いているほうもびっくりしたのか、ずいぶんたってから拍手が起こったが、私は委細かまわず、講演料をわしづかみにすると、とっとと逃げ出すような格好になった。

　なんとかしゃべれたと思うとこのザマである。だから講演は苦手なのだが、霊魂の話で迫られると、つい引き受けてしまう。しかし、それが縁で、妙な発見をすることもあるからおもしろい。

　先日、ある私立大学の女子学生がやってきて、声をひそませてこういった。

「私の弟はおかしいんです」

「おかしいっていうと？」

「ほら、例のスプーン曲げなんか楽々とやるんですけど、それよりも、空間移動っていうんですか、あれをするんです」

講演会場から逃げ出す

「……」

「こないだ、私と弟とで買物に行ったんです。帰りがラッシュ時で、弟は喫茶店で時間をつぶしてから帰るというので、私だけ先に帰ったんですけど、家に着いたら、弟はもう帰ってるじゃありませんか。母に聞きましたら、私より三十分も早く帰ったっていうんです」

「そんなバカな……」

「でも本当なんです」

「弟さんは空でも飛べるのかな」

冗談半分にぼくがそういったら、彼女は真面目《まじめ》に受けとめ、こう答えた。

「さあ、どうでしょう。そうかもしれませんわ。ただ、その時はひどく疲れました」

「疲れた？」

「ええ、弟がなにか奇妙なことをやらかすと、私が疲れるんです。弟は、きっと私のエネルギーを吸いとって、二人分の力で動きまわるんじゃないでしょうか」

表情も変えずにこうしゃべられると、なんだか話がいっそうリアルになる。

「だから、私、試験の時に力を盗まれると、一番こまるんです」

「いったい、弟さんはあなたの力をなにに使っているんです？」

「火星に、時々行ってるみたいです」

「火星だって⁉」

「だって、ついこの前、火星の写真が電送されてきましたでしょ。あれとそっくり同じ景色を、弟はずいぶん前に描いていているんですもの」

「でも火星まで行くのには、たいへんなエネルギーが必要でしょうねえ」

「そうなんです。弟も〝疲れる〟っていいますし、家族全員がヘトヘトです」

「というと、家族からも力を盗む……」

「そうなんです」

なんだか半信半疑で聞いていたが、ふと妙なことに気づいた。

古い巨匠といわれた漫画家の中にも、編集者をやたら待たせて焦々《いらいら》させ、そのエネルギーを奪って漫画を描く助けにしているという人の話を聞いたことがあったからだ。これも、きっと〝エネルギー泥棒〟の一種だったのだろう。だから、いいものを描こうと思えば思うほど、原稿をおくらせ編集者をより焦々させていたにちがいないのだ。

ぼくの体験からも、それはいえる。もっとも、ぼくは盗まれるほうだったけれど。

昔、アシスタントが九人もいたことがあったが、人数の割合には能率があがらない。不思議だなあと思いながらすごしていた。

エネルギーを奪って火星に行く？

そのうち、ぼく自身がひどく疲れてきた。たいして仕事もしていないのに、目まい、胸苦しさなどをおぼえ、「人間ドック」にも入ったが、はかばかしくない。

アシスタントもいつか一人、二人とやめていき、ついに三人になったとき、体が急に軽くなり、気分が良くなった。

おかしなこともあるものだとは思っていたが、いつとはなしに忘れていた。ところが、この女子大生の話で、やっと納得がいった。つまり、やめていったアシスタントの中に、エネルギーを盗む体質の者がまじっていたのだ。

そいつは、こっそりと、ぼくをはじめとする仲間たちのエネルギーを奪い、ひとり楽をしていたにちがいない。なんともしゃくにさわる奴だが、どこのだれかはわからないからよけいだ。

エネルギーを奪われたあとというのは、なんともいいあらわせない奇妙な感覚がする。ぼくはその感覚をしつこくおぼえていたから女子大生の話に耳をかたむけたのだが、ふつうの人なら笑いとばしてオシマイだろう。

考えてみると、宇宙人というのは、案外そうした能力に気づいていて、飯も食わずに、地球人のエネルギーを奪っているのじゃないかしらんとも思う。

そういえば、やめていったアシスタントの一人は、いつ食事をしているのかわからなかったが、いつも元気だった。けっこう彼あたりが、見えない〝エネルギー泥棒〟だったのかもしれない。

# 第12話　時間金持ち

野生動物の生態をえがいたテレビ番組などを見ていると、シマウマなどが大集団で走っているシーンがよく出てくる。なにも群れの中にいなくてもよさそうなものだと思うが、弱い草食動物が肉食動物から身を守るには、群生するしかないのだろう。

おかしなことに、どう見たって弱い草食動物には見えない人間も、シマウマみたいに群生するのが好きなようだ。みんな、自分たちの未来を心配したり、意味もなく、息をきらしながら走りまわったりしている。その上、時間という面倒臭いものがかかわってくるのだから、よけい忙しくなる。いつも時間を気にして、時間に追っかけられながら生きているようだ。

〝ようだ〟などと、人ごとのようなことをいっているが、ぼくなんかその典型で常に締切りを気にして、十分おきに時計を見ながらペンを走らせている。だれかがいっていた、〝時間貧乏〟そのもので、なんともせわしなくていけない。

先日、つげ義春サンがやってきて、

「ぼく、朝おきると、どうして一日をすごそうかと、毎日なやむんです」

と静かにいう。

「ええっ⁉」

「時間がありすぎるのかなあ」

まるで人ごとのようにつぶやく。

「じゃあ、仕事したら」

「だめですねえ。エンジンがさびついてるから、なかなかかからなくて……」

「へえ、じゃあ、つげサン、あなたは〝時間金持ち〟なんだよ、きっと」

そうぼくはいったのだが、こういう時代には、〝時間金持ち〟というのもすてたものではない。

時間貧乏というのは、おもしろいことに金持ちに多い。アクセクと一生働いて終わるからこそ、金持ちになれるわけだが、つげサンなんかはその対極にいて、一生をノンビリ、それこそ、時間を湯水のようにぜいたくに使って生きている。

「しかし、つげサン、メシのほうはどうなってるんですか？」

「前途を考えると不安ですねえ」

そう答えながら、ちっとも不安そうには見えない。また、事実なんとかなっているからおもしろい。

ぼくは、つげサンの長い顔を無言で眺めながら、ずいぶんとうらやましく感じたものだった。

つげサンと同じような〝時間金持ち〟は、ぼくの親類にもいた。「定やん」と愛称されていた男で、八十歳まで生きたが一日としてメシのために働いたことがなかった。

では、家が金持ちかというと、とんでもなく、大貧乏であるが、時間金持ちに共通の、なんとかなるさ、という特技で本当になんとかなっていたのだ。定やんは、カミさんまでもらい、子供もいたのだから、なんともおかしな特技といえよう。

定やんの一生は、いわゆる普通人の時間に追いかけまわされている生活と比べて、ずっとのどかなものだったにちがいないのだ。

つね日ごろ、ぼくが尊敬している南方の原住民たち、かれらもまたとない時間金持ちだ。第一、歩き方からしてゆったりで、内臓のリズムといっしょに歩くから無理がない。物はなくとも、笑いがどこからともなくやってくるとみえて、貧乏なのに福の神みたような顔をしている。

バナナの葉でタバコを巻いて、実にうまそうに、楽しそうに吸っている。焦々しながら吸うフィルター付きの低ニコチンタバコより、ずっと体のためには良さそうだ。

インドで下痢をする

週刊誌時代に入ってから、ぼくなんかは体のリズムを上回るスピードでふりまわされはじめた。いつも、あわてふためいていないと、バスに乗りおくれるような気持になってしまうのだ。そんな気持でないと、自分の地位が保てないという、なんともおそろしい毎日がくり返される。

いくばくかの物質と地位は保てるかもしれないが、ゆっくり風呂につかったりトイレでボンヤリもの思いにふけったりすることなんて、とてもゆるされない。

そんなぼくを、もう一人の〝時間金持ち〟がいつも笑う。

奴さんは、劇画の原作を書いていたのだが、インドへ旅してから、突如〝時間金持ち〟に生まれ変わって帰国した。ぼくのところへあそびにくると、何時間でも話しこむ。ある日もやってきて、いきなりこういいはじめた。

「ぼくは三千万円で、家のそばの山の上に、仏舎利塔を作るつもりです」

「だって、一文もないのにどうするのです?」

「いや、建てようと思えば建つのです。ぼくの先生は、もう七十歳で、沖縄にいますが、インドに行きたいと思えば、行けるのです。それと同じですよ」

「へえ、本当ですかねえ」

「本当ですよ。先生は世界中に旅行し、行く先々で気ままに結婚し、子供の数なんて数えきれないんですから……」

「すると、〝大時間金持ち〟だ」

「そのとおりです。普通の人間みたいにアクセク働く必要がないんですから」

「じゃあ、その先生は、なにかある種の力があるわけでしょう」

「そうなんです。一度、インドへいらっしゃったらいかがですか？　神秘的なものを、なにか感じるはずですよ」

なんだか、奴さんにすすめられて、というより、ある種の術をかけられたみたいに、ぼくはどうしてもインドを訪れたくなり、ほどなくインドに行った。

インドには、〝グル〟という乞食みたいな聖者みたいな人たちがいるが、ぼくはそんなことは露知らず、もの珍しさから彼らの体をなでまわしたり、写真に撮ったりした。

それがいけなかったらしい。〝グル〟から、ものすごい眼つきでにらまれてしまった。

あくる日から猛烈な下痢に悩まされはじめた。この時は、まだ〝グル〟の怒りが原因だとは思いつかない。食当たりだろうとタカをくっていた。

しかし、一般にはトイレのないインドだから、下痢にはほとほと参った。ブタを飼っているところでしろといわれるのだが、盛大にはじめると、ブタがやってきてきれいサッパリ食べてくれる。それはいいのだが、まかりまちがって、ブタ公が、ぼくのキンタマに食いついて来やしないかと、ぼくは逃げ腰でいつも用をたしていた。

そんな情ないぼくを、〝グル〟はだまって見つめていたのが不気味だった。

帰国して、たまたま霊魂の研究会に顔を出したら、霊魂や念力にくわしい先生と同席になった。

その先生いわく、

「ぼくの学校にうるさい教師がいましてね。なにかというとつっかかってくる。あまりひどいので、念をおしたところ、翌日からその教師、原因不明の下痢で、だんだん顔色が青ざめてくる。そこで、念をといたら、下痢はピタリととまったようです」

本当かウソかわからないが、ぼくのインドでの体験によく似ていたため、なるほど〝グル〟が念をおしたのが原因だったのかもしれないな、とぼくはボンヤリ考えていた。

ちょうどそのころから、妙な夢を見はじめた。例の、ぼくにインド行きをすすめた〝時間金持ち〟の生活を保証しないといけない、といったような内容で、なんと三カ月もつづけて見てしまったのだ。夢だけじゃなく、なんとなく胸がしめつけられるようで息苦しくもあり、心も不安定になるような気がしてくるのだ。

そんなある日、奴さんがひょっこりやって来た。そこで、

「あんた、夢を見させる妙な力を身につけたんじゃない？」

インドで神秘にふれた？

と聞くと、笑いながら、どんな夢でしたと聞く。

夢の内容を話してやると、いつのまにか、いくばくかを渡すようになっていた。バカバカしい話だが、ある種の力にぼくがひっかかったのか、あるいは、そう思い込んだだけなのか、とにかく、〝時間金持ち〟の存在を支える一人になってしまったようだった。

普通の人間が真似をすれば、たちまち餓死するのがオチの〝時間金持ち〟たちの生活が成りたっているのは、本人は気がつかないかもしれないけれど、ある種の力を持っているためだという気がする。

なんだか、ブラブラと時間をふんだんに使うのにも、やはりなにか〝術〟みたいなものが、そなわっていないとダメなのだ。人間の内面に深く秘められ、当人もよく知ることのできないようなある種の不可解な力が、やはり〝時間金持ち〟たちには、作用しているものと思われる。

# 第13話　場所の怪

ぼくの友人が、勤めている会社の近くのガソリンスタンドで、ガソリンをツケにしてもらう交渉をしている時のことだった。

友人の会社のあるビルというのは、決してお世辞にも立派とはいえないシロモノで、そこのガソリンスタンドの親父も足元をみたのか、インケンに、

「どこのビルのお方で？」

と聞くから、

「ほら、この真ン前に建っているビルですよ」

友人は目の前のビルを指さして説明すると、

「いやあ、悪いですけど、あそこに入られた人にはツケにするわけにはいきません」

冷たくことわられた。合点がいかないのでネバっていると、親父はへんなことをいいだした。

「じつは、あのビルに入った会社は、必ず倒産するのです」

「そんなバカな……」

といっても、ガソリンスタンドの親父はガンとして応じない。

仕方なく現金で買っているうちに、その親父のいった通り、オンボロビルに入っていた友人の会社は、それから二カ月ほど後に倒産してしまった。

ボロビルだから倒産しやすい会社が入っているのだ、別に不思議はないだろうと思う人もいるかもしれないが、それにしたって、そのビルを借りる会社が次から次へバタバタと倒産するのは、やっぱりおかしい。偶然にしても、できすぎているのだ。

ぼくの思うには、きっとそこは「不運な場所」なのだ。

土地それぞれには幸不幸の霊みたいなものがいて、そこに住む人たちに影響をおよぼしている。運命の鍵を握っているといってもいい。一年や二年ではわかりにくいかもしれないが、何十年とその場所を見つづけていると、やはり運不運をもたらす霊が宿っているのに気がつくのではないかとも思っている。ツケの話をことわったガソリンスタンドの親父も、経験的に不可思議な不運にとりつかれている場所や建物を知っていたというわけなのだ。

いろいろな場所に、それぞれ運命を左右するような霊がいる、という話は昔からある。

昔の人たちは直感的にそれがわかったのかどうかは知らないけれど、たとえば沖縄にはセジと呼ばれて、物につく霊がいて、なんでもそれが古代日本の神名備《かんなび》（神のいますところ）に発展したのではなかろうかといわれているが、そのセジは、しまいには「幸運な場所」を示すようになったらしい。幸運な霊が宿っているから、そこにいく人たちを幸福にするわけである。

古代のひとは、なんとなくそんな場所を知っていたように、ぼくには思えるのだ。

ぼく自身も実際に体験したのだけれど、ある場所に住むと幸福になれそうな気がしてくることがある。

ぼくの田舎の近くに、美保《みほ》神社というのがある。ここはその昔、大国主命《おおくにぬしのみこと》の子供が住んでいたそうで、それにまつわる伝説もいくつか残されている場所だ。

四方をかこむ山ひだに抱かれた、平和であたたかく、あたりの景色もすばらしいところである。

「なるほど、こういうところなら、ぼくも住んでみたいなあ」

美保神社に行ったおりに、ふとそう思ったものである。これというワケはないのだけれど、ここに住んだら幸福になれるような気がしたのだ。それこそ、なんとなくである。

どうやらそこには本当にセジがいるらしい。幸運な霊のいる「幸運な場所」とみえて、美保のまわりに住んでいる人たちは他の町の人よりも、どうも幸福にくらしているような

狂骨

気がする。

なにも美保にかぎったわけじゃなく、古代の大王のいたところとか、古い神社のあるところとかは、行ってみるとなんとはなしに気持がよくなる。ふんわりと幸福な空気につつまれているみたいな気分になってくる。

たとえば、宮崎の鵜戸《うど》神宮や青島などというところもそうだ。

気候が温和で、景色がいいというのがセジの宿る条件なのかもしれない。古代の大王は、すべて景色のよいセジの住みやすそうな場所に居をかまえている。

ところが時代が下って現代ともなるとセジも少々変調を来たしてきて、景色の悪いところでも住みついている場合もあるようだ。たとえば、東京のど真中にある皇居などはそうだろう。

ぼくは十五、六年前に不動産屋の紹介で、調布の畑のなかに建っている寺の裏手に移り住んだのだが、不思議なことにここの住人になってからというもの、なにやかやと幸運らしきものにとりつかれ、これはてっきり、調布のセジがついたのに違いない。この場所は大切にしなければ、と妻が転居を主張するたびに、強硬に反対するのを常としているのだ。

もっとも、今までが不運すぎたからかもしれない。

もっとも、セジの実体をたしかめようとして調布の歴史なんかを調べてもみたが、深大寺あたりに住んでいた縄文人もこの下石原にはいなかったらしく、近所の井戸掘りのとき、何やら出てくるのではないかと思って、じーっと半日のぞいていても出るのは丸い石ばかり。その名のとおり、地下は石がごろごろしている昔の川原だったというわけだ。

今は幸運な場所に住んでいるぼくも、この世には不運な不吉なところがあるものだということを、いやがうえにも知らされた時があった。

戦争中のこと、ぼくは二、三百人ばかりの兵士といっしょに南方のある地点に駐留していた。その時、なんとなく不安な胸騒ぎがしたのだけれど、まあ、不安な気持くらいはだれでもどこでも味わうから別に気にもとめなかった。

それから二、三カ月して、十人ほどで遠くのほうに宿舎を作って泊まることになったその日のことだった。どういうわけか、不吉な思いが胸に満ちて、宿舎のあるその場所にいきたくないのだ。でも、脱走することもできないから、いやいや重い足をひきずるように歩いていった。

宿舎が近づくにつれ、不吉な気持はますます強く、木々の間をわたる風のなかにも川の流れのなかにも、得体のしれない悪霊がひそんでいる気がしてくる。目に見えぬ死の影が、すーっと首すじを逆撫でしていく。

到着した宿舎は、まるで地獄の入口みたいに黒々と、ぼくの目の前に建っていた。

不吉な場所の兵舎

その日の宿泊命令が出ていた者は、みな不安な思いにとらわれていたらしい。妙にしんみりとして、口数も少い。動きまわる靴音だけが、ばかに大きく壁に反響する。

そこは、やはり行ってはならない不吉な場所だったのだ。死霊が手招きしている土地だったのだ。

裏山から突然、敵のゲリラが一斉射撃を浴びせてきた。不意撃ちをくって、ぼくたちは応戦する間さえなかった。気がついてみると、ほとんどの者が死んでいた。かろうじて助かったぼくひとりが、ジャングルに逃げのびた。

だが、まだ悪霊の力はおよんでいた。

ジャングルをさまよっているうち、不意に乳色の霧につつまれたと思ったら、一歩も進めなくなってしまった。壁に突き当たった感じなのだ。もがいていると急に霧が晴れて、体が前に泳いだ。あとで考えてみると、あれは『ぬりかべ』という妖怪に出会ったのだろう。

姿のない敵に遭遇したり、妖怪にぶつかったり、ほうほうの体で中隊にたどりついたら、今度は上官が、

「なんでその場で死ななかった。逃げて生き恥をさらすようなまねをした！」

どうやら悪霊はあの場所からぼくの体にのり移ったらしい。

そのあとも原因不明の病気にかかって手足がまったく動かなくなってしまったり、マラリアにやられて四十二度の高熱に生死の境をさまよったりしたあげく、とうとう片腕を切断してしまうという不運つづきのありさまとなった。

やはりあの場所に行かされたのが、間違いのもとだったのだ。悪い霊のたむろするあそこへさえ行かなかったなら……。

陽のあたる場所とあたらない場所があるように、幸運なところと不運なところは、現実にあるのだ。過去のいろいろなことを思い出しながら、あれこれ考えてみると、どうもそういう結論がでてくる。セジみたいな霊がいる場所は、そこにいく人を幸福にするけれど、悪霊死霊が住みついている場所は不運にするばかりでなく、ときには人を死に至らしめることがあるのだ、と。

だから、昔の人が石などに文字を書いて霊のありかを表示しているのを見かけたりしたら、あまり馬鹿にしないほうがよいと思う。ちょっとツバをかけたとたん『ジン』とかいう悪霊にとりつかれたという話が、中近東あたりには今でも残っている。

# 第14話　蝶になった少女

いまから三十数年まえの、あのいまわしい戦争のさなか、ぼくは名もない一兵卒として南の前線にかりだされていた。

そのころから、ぼくにはどうも怠けグセというか放浪癖というか、ひとりでふらふらさまよいあるく特性があって、軍律きびしきなかなれど、やたら気ままに、あるときは糸の切れたタコのように、またあるときは血をもとめるドラキュラのように、あちこち風まかせに出歩いてばかりいた。

べつに反抗的な気持から夢遊病者みたいにしていたわけではなく、南の国の焼けつくような太陽に照らされた、見たこともない色鮮やかな自然が、まるで天国みたいに思えて、体のほうで勝手に動きだすのだった。

もっとも今になって思いかえしてみると、その天国は地獄と背中あわせになっていて、四六時中、上空を旋回している敵機が、いつ何時ぼくを標的に爆撃や機銃掃射をしてくるかわからないわけだから、ほんとうに片道切符をにぎりしめたままの天国への散歩だったのかもしれない。

その日もこっそり兵舎を逃げだして、あてどもなく歩きまわり、ひとり常夏《とこなつ》の国の自然に、荒《すさ》む心をなぐさめていた。

ところが、ガジュマルの大木が生いしげった林を通り抜け、とある家のまえまできたとき、ぼくの足はぴたっと停まってしまった。

その家のまわりには、数知れないほどのハイビスカスの花が咲きみだれていた。南の太陽のかけらがこぼれ散っているみたいなハイビスカスの花の群れ。まるで庭全体が大きなハイビスカスの花でできているかのように、そこは強い花の香りにむせかえっていた――でも、ぼくが足をとめたのは、そのせいだけではなかった。

まぶしいばかりの原色の花のなかに、ひとりの美しい少女が立っていたのだ。

褐色のひきしまった体、すらりとのびた脚。ハイビスカスの花の精霊のような少女に出会ったそのときから、ぼくのあてどもない天国への散歩は、いつも同じ道すじをたどる日課にかわっていた。

少女はエトラリリという名だった。

目があうと頬を染めて、はにかんだような微笑《ほほえ》みを口もとに浮かべた。ときには、あの咲きみだれるハイビスカスのあいだを足音もたてずにすべり抜け、背後からいきなりぼくに飛びついて、おどろかせたりもした。

家をおとずれると、彼女の家族たちもさして豊かではないのに、それでもせいいっぱいのごちそうでもてなしてくれ、帰りぎわにはパンの実や落花生、とうもろこしなんかのお土産《みやげ》まで持たせてくれた。ふつう日本軍の兵隊は、どんなに腹がへっているときでも、原住民の人たちの食物には手をださない。平気で食べるのは、ぼくくらいのものだったから、日ごろのおこないがエトラリリの家族にも好意をもって受けいれられたのかもしれないが……。


ハイビスカスの花群のなかでぼくと逢っているときは、いつもはじらいにも似たひかえめな話しかたをするエトラリリの、内に秘めた激しい面をかいま見たのは、彼女と知り合って間もない、ぼくが隊で失態をしでかしたときだった。

兵隊は毎朝五時に起きて、丘陵の中腹を掘りこんだ横穴式の兵舎のまわりを掃除したり、自給用の畑の手入れを交代でおこなったりすることになっていた。

ぼくは隊のなかで階級がいちばん下だったから、上官のいうことは何でもハイハイとやらなければいけなかったはずなのに、生来の怠けグセがたたって、自分の好きなこと以外はあまりやろうとしない。当然のことながら、班長にどなりつけられ、殴られる。

そのとき、どこから見ていたのか、エトラリリが走り込んでくると、

はるばる南方から会いに来る霊

「こんないい人を、なぜ叱るの？」

班長を突きとばさんばかりの勢いで抗議しはじめたのである。上官も兵も、何ごとがおこったのかわからずに、あっけにとられていたが、そのうちにどうやらいつも怠けてばかりいる階級が最下位のぼくのことをかばいだてしているらしいことに気がつくと、ニヤニヤ笑いながら意識的にぼくを指して、

「こいつはどうしようもないくらい悪い兵隊なんだ」

こんなヤツをかばうと、おまえまで処罰しなくちゃならない——そんなことをエトラリリに言っておどかすつもりのようだった。ところが彼女はひるむどころか逆にせいいっぱい大きな声を張りあげて、カレは偉大な人物であると、必死の弁明さえはじめるのだ。

まだ十六歳にもならない少女の、この真剣な抗議の姿には、なにかに憑《つ》かれたような、相手をぞっとさせる迫力があった。結局、班長も厳重注意ということで、ぼくを叱ることをあきらめてしまった。

エトラリリの〝抗議事件〟はこれで終わったのだけれど、あっという間に隊のなかにウワサがひろまって、ぼくとエトラリリの関係は尾ヒレまでくっついて取り沙汰されるようになった。

口の悪い兵隊は、

「おまえ、土地の女とヤルとローソク病にかかるぞ」

などといらぬ忠告をしてくれる。男の大切な一物が、ローソクみたいに先のほうから溶けて腐る病気にかかるから、ふれてはならないというのだ。当時まだ童貞だったぼくは、そっち方面の知識をもちあわせていなかった。ただひたすら涙をのんで、その話を信じるだけだった。

色あざやかなハイビスカスの花のなかで頬笑んでいるエトラリリを、毒の花をみるような気持で眺めていなければならなかった。触れることができない毒の花が美しいように、汚れをしらぬエトラリリの微笑は、何よりもぼくの心を誘いよせるのだ。それでもぼくにできるのは、ただじっと、美しい花を見つめていることだけだった……。

あのときから、もう三十年の歳月が経ってしまった。遠い南の国の想い出も時の流れといっしょに、はるか彼方《かなた》へ流れて埋もれているはずだった。

夏が間近になったある日のこと、ぼくは家のちかくを散歩していた。商店街にはいって何気なく花屋の店先をみれば、どこか懐かしい花がならべてある。

小さな鉢植えのハイビスカスだった。近寄って、ひざ丈《たけ》にも満たないその花を見つめていると、忘れかけていた昔の甘酸っぱい気持が、胸の奥からよみがえってきた。エトラリリと二人で過ごした、あの、南の国の焼けつくようなひとときが戻って来たような気がした。

　ぼくは思わず鼻の穴をふくらませ、店先に置いてあるハイビスカスを全部買いしめてしまった。

　庭に十数個の鉢植えのハイビスカスをならべ、その真中に腰をおろす。燃えるような花の色。夏の太陽を照りかえすつややかな葉。あたりはいつしか南の国の花の香りに包まれていた。いまにもひょっこりと、エトラリリが花の精霊のような姿を現わしそうだった。でも、ぼくの目のまえに現われたのはエトラリリではなく、一ぴきの黄色の蝶だった。

　蝶は、ぼくの想いなど知らぬ気《げ》に、夏の日射《ひざ》しをいっぱいにうけたハイビスカスの花から花へ、黄色の翅《はね》をきらめかせながら思いのまま飛びまわっている。空高く舞いあがってはまた舞いもどり、翔《と》び去りかけてはまた花と戯《たわむ》れる。かなりの長い時間、黄色い蝶はハイビスカスの花群から離れなかった。

　その翌日も、同じくらいの時刻になると黄色い蝶は、いずこからともなくやってきた。そして南国の花を愛《いと》しむように長い間、そこにとどまっていた。

　同じ時間に毎日飛んでくる蝶。ぼくの心にある予感めいたものが芽生えた。それを確かめるために、エトラリリの家の近くに住んでいたトペトロという村長に書きなれない手紙を出した。

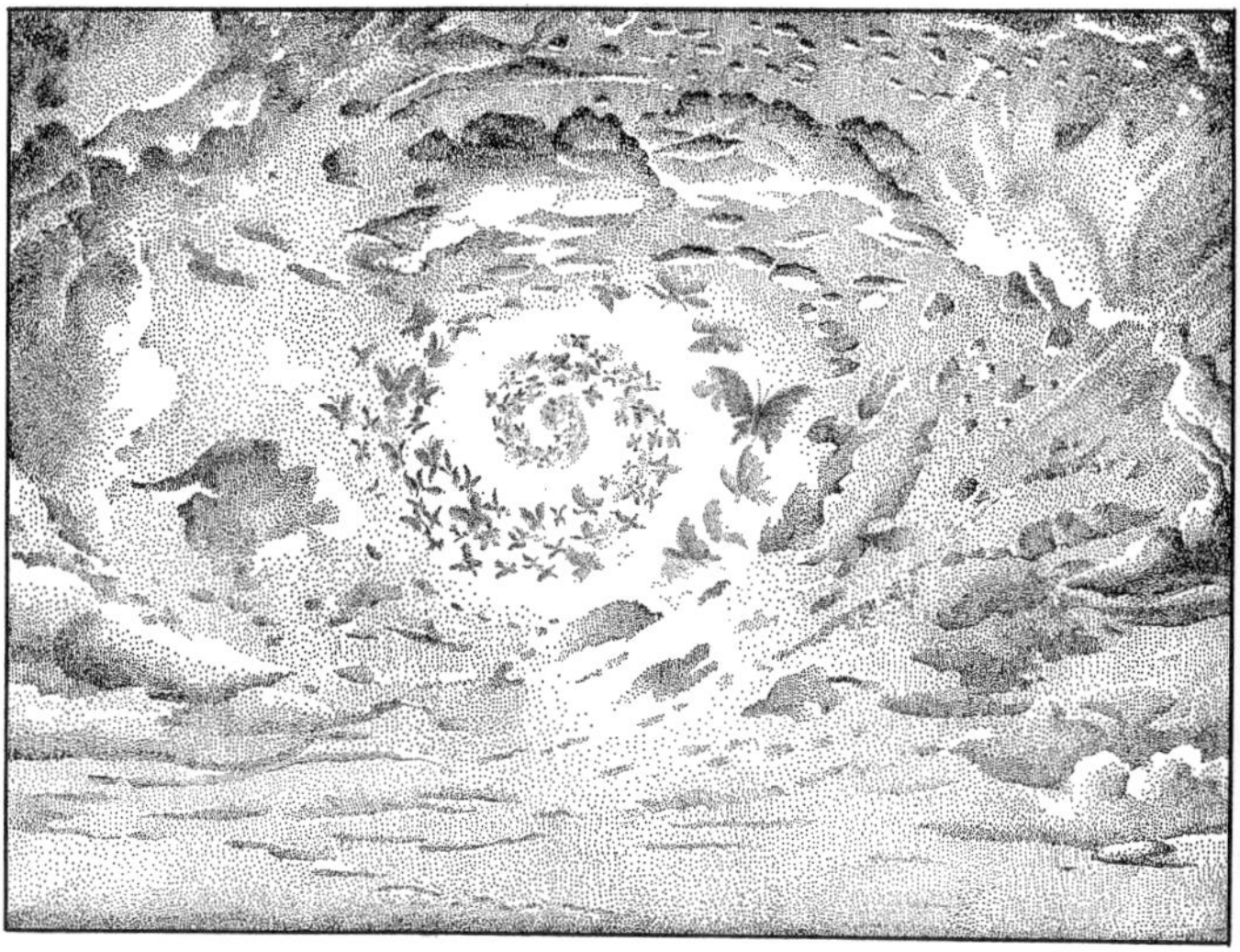

死ねば蝶になる

返事を待っているあいだ、ぼくはハイビスカスに日ごと水をやり、手入れをしてやった。しかし、その甲斐もなく、ひと月も経ったときには、半分ほどが枯れてしまった。残りの半分も次第に枯れはじめ、ハイビスカスがみんな枯れ果てたころ、南のトペトロから返事がきた。

「エトラリリは、ふた月まえに死んだ」

やっぱり、そうか。予感は当たっていた。彼女の故郷には、死ねば蝶になるという言い伝えがあったのだ。遠いパプア・ニューギニアから蝶になって翔んでくれば、それくらいの時間はかかるだろう。蝶はたしかに、エトラリリだったのだ。

そういえば、ぼくたちの部隊が玉砕した場所に、生き残りの三人が赴き、墓をたてて酒をかけたところ、どこからともなく蝶がとんできて、その墓にじっととまっていたことがあった。蝶にはやはり、霊物が宿るのだろうか。

はるかな白い雲に目をやりながら、ぼくは急に目がしらが熱くなるのをこらえきれなかった。

# 第15話　奇妙な力

数年前、超能力ブームとやらでずいぶんマスコミが騒いだ。スプーンを投げて曲げる少年や、透視ができるという外人たちなど、いろいろな超能力者たちがあらわれ、ぼくたちを楽しませてくれたものだ。

〝インチキだ！〟と眼を三角にしてヒステリックに決めつけた、天下のA新聞もおかしいが、超能力者たちを商売道具に使った一部のTV局もあんまり感心したものではない。

といっても、ぼくは、超能力そのものは否定しない。それどころか、いくつか〝奇妙な力〟を目撃しており、そういった力が存在することはまちがいないと思っている。

ぼくを担当してくれた編集者のひとたちはかなりの数になるが、その中でも忘れられないのは、十年ほど前に、ある少年週刊誌にいた人だ。

彼はぼくと熱心に打ち合わせをしながら、まるで関係のない企画書をサラサラと書きあげてしまう。もちろん、眼と口はぼくのほうを向きっぱなしで、話の内容がトンチンカンになることもない。手と口がまったく別々に動いているのだ。

打ち合わせと称して時間をとられることが多かったので、なんとかこの方法をマスターしようと思ったが、平々凡々たるぼくに、こんなマネができようはずもない。

コツを教えてもらおうと、この男をスシ屋に連れていって、また驚いた。早口におしゃべりしながら、スシを見もせずに口に放り込む。それが素早くって、眼にもとまらない早業なのだ。

これまた、ぼくがためしてみたら、口の周りはショウユのついたゴハンツブだらけになってしまった。どうもうまくいかない。口でいえばなんでもないようだが、いざ、手先の感覚だけに頼って口の中にスシを運ぶのは至難の技《わざ》だ。

スプーンを曲げたり、未来を予言したりするのが超能力というのならば、スシをたしかめもせずに口の中に放り込むのも立派な超能力だと思うが、いかがなものだろうか。それともショウユでグチャグチャになったメシツブを口の周りにいっぱいつけてしまったぼくが、無器用なだけなのだろうか。

いずれにせよ、ぼくたちにはまだわかっていない、奇妙な未知の能力みたいなものがあるのだろう。

ぼくは石仏を見るのが好きで、時間を無理やりひねり出し、ひなびたところへアシスタント連中とよく出かけていく。

石仏を見ることが好きだといっても、石仏そのものを楽しむわけではなくて、石仏の前に立ち、絵画を見るようにして眺めていると、なんとも奇妙な感覚が全身をかけめぐる。こいつを楽しみに出かけていったのだ。

神奈川県の山奥に出かけたのも、そんな楽しみのためだった。

泥んこの山道を走っていると、道端に古い石仏の台座だけが残っている。さっそく車をとめさせて、眺めてみると、その台座にお化けらしきものが刻んであった。

「こりゃあ、おもしろい！」

そうぼくが叫ぶと、アシスタントの一人が、気をきかせたつもりか、泥棒にしたらさぞかし成功するだろうな、と思わせる早業で、その台座を車の中に運び込んだ。

「きみは画を描くのはおそいけど、そういうことだけは、ずいぶん素早いんだね。人に見られたら、どうするんだい？」

そうぼくがいい終わった瞬間、まるで示しあわせたかのように四、五人の男がやって来て、台座のあった周りを測量しはじめた。

車の中に台座が持ち込まれたときからなんとなくいやな胸さわぎがしていたので、ぼくは、

「これは返しておいたほうがいいんじゃないの？」

絵画を見るように石仏を見る

というと、

「こんな泥まみれの石っころなんか、だれも気にとめやしませんよ」

とアシスタントは答え、車を走らせてしまった。

ずいぶん走らせても、ぼくの胸さわぎはちっともおさまらない。

それに、もうひとつ心配なのは測量していた男たちで、この台座がなにかの基点になっていたのではないだろうか？　彼らはぼくの顔や車を見ていたので、台座紛失事件の第一容疑者とぼくがなるのは決まりきっている。〝水木しげる石仏の台座を盗む〟などと、新聞にデカデカとのったりして……。

想像はあらぬ方向にふくらんでゆく。ついに我慢できなくなって、

「やっぱり、この台座は返そうよ」

とぼくは呟《つぶや》いていた。

「ここまできて、引き返すのはたいへんですよ。二時間はかかる」

と渋るアシスタントに、

「いや、何時間かかってもいいんだ。ぼくは、この台座があると、なんとなく息苦しいんだよ」

といって、強引に山道を引き返し、元の場所に戻しておいた。もうそのときには、四、

五人の男たちは影も形も見えなくなっていた。

ぼくは、自慢じゃないが心臓だけには自信がある。そんなぼくの心臓が悲鳴をあげるなんて、滅多にあることじゃない。

この、ちょっとしたアクシデントを説明しろといわれても困るのだが、やはりある種の奇妙な力が働いたとしか思えないのだ。それは、石仏の霊かもしれないし、あるいは、その下にうめられている者の霊だったのかもしれない。

昔の人が、もののけとかのろいとかいっていたのは、こんな種類だったのかもしれない。

奇妙な力をぼくが感じたのはこれだけではない。

六、七年前にぼくはこんなストーリーの漫画を描いた。

戦死者の霊の群れが、生き残った戦友の一人にとりつき、その戦友を介して、戦友一人ずつを現地に来させる。そこで霊の群れは、病気という形で戦友にとりつき、殺してしまうのだ。

ところが、この戯れに描いた漫画が、だんだんに現実と似てきたから妙な気がしはじめた。

ぼくを強引にニューギニアに連れていった戦友がいたが、そいつは昨年原因不明の病気になってしまった。彼が病気になったため、もうぼくを戦場にさそう奴はいないだろうと

ニューギニア

思っていたら、第二の戦友が現われて、どうしても一緒にニューギニアに行こうといってきかない。ついに、固い約束をさせられてしまった。

バリ島では、火葬にされていない死者の霊魂は、人間に災いをおよぼすといわれている。天にも上れず地下にももぐれない霊魂は、永遠に地上をさまよい、悪霊となって人間を惑わすのだ。

考えてみれば、ぼくのいた分隊の戦死者は、だれも火葬にしていない。正直にいうと、死んだ者を火葬にする余裕もなかったのだ。

一回、二回とある力にひきずられてニューギニアくんだりまで出かけていったぼくに、もし霊がとりつくのなら、次回だろう。

どうなるのか、あちら様次第で、ぼくには皆目、見当もつかない。なにが起こっても後悔しないよう、家族と記念撮影などもしたが、あんまり気持のいいものではない。

ぼくが描いた漫画のように、死霊にとり殺されるとは思えないが、それでも、なんとなく気になるので、一緒に行く戦友に、その話をすると、

「いや、ワシも、彼らがみんな死にたくなかった、生きて日本に帰りたかったということを知っとるから、あんまり行きたくはないんやけど、どうしても行かな、なんや胸苦しゅうて……」

という。

この〝胸苦しい〟という奴は、ぼくが石仏の台座を車に乗せたときにおぼえたものと一緒なのだろう。

死霊たちは、ある種の力でぼくたちをニューギニアまで引っぱり、火葬にしてくれとたのんでいるのか、あるいは、無事、日本に帰国したぼくたちを嫉妬してとりつこうとしているのか、それはわからない。

あまり行ってもいいことはなさそうだが、〝行かなきゃいい〟とかんたんに割り切れないところがおかしい。

どういうわけか、中止する気になれないのだ。

もしかしたら、もうぼくには戦友の霊がとりついており〝奇妙な力〟をふるいはじめたのかもしれない。

# 第16話　予期せぬ出来事

終戦後、ぼくが武蔵野美術学校（現武蔵野美術大学）へ通うために、金がなくて、月島で魚屋をやっていたころの話である。

仲間に山野という男がいて、彼はぼくの顔を見るたびに、姑娘《クーニャン》の話をするのだった。姑娘とは、中国語で〝娘さん〟というような意味だが、中国大陸で戦った兵隊にとっては、なんとなくなつかしい呼び名である。

ある日、山野氏が例によって姑娘の思い出を話しはじめた。

——そうやなあ、わしが分隊長で、ある村に行ったときのことや。村長の娘がえらいべッピンやと聞いたもんやから、兵隊連れて、早速おしかけたんや。なにしろ、そのころは、娘探すのが仕事みたいなもんやったからな。

ところが、村長は「そんなもの、おらへん」といいはる。あたりまえやな、いるちゅうと、日本兵は娘をつれていってしまうんやから。それから、どうされるかは、いくらノンビリした中国人でもわかるわな。村人もいっしょになってキーキーわめきたてるもんやから、俺たちは、結局手ぶらで帰らされた。

せっかく来たのに手ぶらやなんて、おもろうないわな。ムシャクシャしてるので、倉の中に一発ブッ放した。

そしたら、あんた、倉の箱の中で、コトッと音がしてだれかおるような気配がする。すぐ開けさせて調べたら、おった、おった、ものすごい美女がおるねん。どうやら村長の娘らしかったが、広東《カントン》の大学を出て帰ってきたところだったらしいわ。

村長以下、涙を流しながら〝連れていかんでくれ〟いうとったが、俺も含めてみな若い。なにいいくさる！　てなもんで、引き連れて帰ってきた。

俺の部屋に一カ月くらいおったろうか、ある夜、妙に真剣な顔で、

〝あなたと、一度契《ちぎ》ったからには、妻となり、どこへでもついていきます〟

といいよる。

俺の中隊に出発命令が出たのに、

〝一度、日本人の男に抱かれた女は、帰る所がない〟

というて、俺の側から離れへん。

〝日本軍は女を連れて行軍するなんてこと、ゆるされてへん〟

と一生けんめいいうとるのに、まるで馬の耳に念仏じゃ。

結局、その娘は出発前夜にピストル自殺しよった。可哀そうなことをしたと思うけど、人間の一生なんてわからんもんやな、倉のもっと奥のほうにかくれとったら、あの娘も死なんですんだかもしれんし、第一、美人の娘がいるなんて噂《うわさ》を俺たちが聞きつけんかったら、よかったんや——。

さすがに山野はこのときうなだれていたが、考えてみればその姑娘は、息をひそめて隠れていたのだろう。それなのにコトッと音がして見つかってしまったのは、まったく予期せぬ出来事だったのに違いない。

こうしたことは、人の一生で気づくと気づかないのとにかかわらず、いっぱいあるようだ。

戦争中、南方で、ワニのいる川を小舟に乗って戦友と二人、渡ったことがあった。いたずらな一陣の風がうしろに坐っていた戦友の軍帽をさらい、川の中に落としてしまった。戦友は、帽子を拾おうと川の中に手をのばしたが、そのトタン、獰猛《どうもう》なワニに襲いかかられたのである。

全く一瞬の出来事だった。あまりに素速いワニの動きに、彼の前に乗っていたぼくも、両岸にいた十人ばかりの兵隊たちもだれ一人そのことに気づかなかったくらいであった。

二、三日して、下半身（ヘソから下）だけになった戦友の遺体が、川の上流から流れて

姑娘の悲劇

きた。

この時でも、反対にぼくの帽子が飛んでいれば、今ごろ、こんな文章を書いているわけもない。三十数年前、あの川のワニ公の胃袋におさまっていただろう。

まだまだ、この種《て》の話はいっぱいある。

あるところにぼくたちの部隊がいたときのことだ。徹夜の不寝番に立ったぼくは、朝日を浴びながら早く兵舎に帰って一眠りしようとしていた。すると、何百羽のオウムが、朝日を背に飛びまわっている。実に美しい。おもわず眠気もさめて、十分くらいだろうか、ぼくは見とれていた。

そのとき、急に猛烈な銃撃音が聞こえてきた。いつのまにか、米軍が忍び寄ってきて、兵舎をいっせいに射撃したのだ。

むろん、戦友たちはわけもわからず全員死亡、ぼくだけが、たまたま離れていたため助かったのだ。

たまたま徹夜の不寝番にあたり、たまたまオウムに見とれたため、ぼくは死なずにすんだのである。なんとも不思議な幸運だと思っている。

手を負傷したときも、すぐ近くに、たまたま衛生兵がいて、止血してくれたから助かったのだ。あのとき、ほんの五分でも衛生兵がそばを離れていたら、どう見たって出血多量で死んでいただろう。

マラリアで足腰が動かなくなり、四十度くらいの高熱に浮かされて、何日も食事ができないこともあった。衰弱していく一方の肉体に、とうとう精神が耐えられなくなり、雨の中のジャングルをさ迷い歩いたこともあった。あの時も、たまたま戦友に発見されたからこそ生き残れたのだ。

考えようによっては、ぼくの場合なんかも、自分の考えがおよばない、かずかずの幸運によって生きながらえて来られたのだろう。

なにせ、一度でも不運に出くわせば、いや、一度でも幸運をとり逃がしたら、それでオダブツなんだから、こんなに連続するというのは、やはり、なにかある力が働いているとしかいいようがない。

もし、背後霊とか守護霊とかいうものがあるとするならば、それらの働きがよかったとも考えられる。いずれにしてもある力が作用していることはたしかだ。

こうなると、ぼくの場合など、生きのびた、というより、生きのびさせられたという感じがしないでもない。自分では気がつかないけれど、生かす力みたいなものがあって、それがぼくを生かしてくれたにちがいない。

それを〝カミ〟と呼んでも、背後霊と呼んでもよいが、自分の努力以外にプラス・アルファという謎の力が作用しないと、なかなか生きられるものではない、というようなことを眠るときに考えるのが、長い間の日課のようになっていた。

そんなこんなのうちに、いつしか、そういう、ぼくを生かした力が、ぼくがピンチになったときにあらわれてきて、強力に作用するのだということがわかりはじめると、なんとなく、そいつの顔が見たくなり、神秘主義者になっていったわけだ。

もっとも、子供のころから、その気はあったが、真面目に考えだしたのは、やはり、兵隊から帰ってきてからだ。

十分な睡眠と、たっぷりした食事、健康そのもののときには感じられないが、いったん生命の危機が連続した場合、ある力は作用するともかんがえられる。そいつは、往々にして、偶然の形であらわれるし、その上いったい、それがなにかということもはっきりわからないから、みんな真剣に考えないのかもしれない。ぼくだってもし戦場に引っぱり出されなかったら、あるいは、いくつかの危機がなかったらある力について、真面白に考えてはいなかっただろう。

子供のころから、未知のものに対するあこがれが強かったぼくは、妖怪などについても、真面目に考えていた。けっして、バカバカしいなどといって、笑いとばすようなことはしなかったのだ。

そんなことを思い出しながら、景色をながめていると、たくさんのあるものがいそうな気さえしてくる。我々の目に見える世界と、目に見えない世界の二つが存在するのだ、という気がしてくる。我々を生かす不思議な力とか、偶然という力を使って作用するものたち……地獄や極楽といった世界……妖怪、幽霊、つきもののたぐい……これらはみんな目に見えない世界に属しているのだろう。

考えようによっては、人間の内面には、本人にも気がつかない謎《なぞ》の妖怪が住んでいて、それが生涯の重要なときに限って顔を出し、知らぬ間にその人の運命を決しているといってもおかしくはない。

ぼくが結婚したときもそうだった。親父のいうことなどあまり聞いたことのなかったこのぼくが、そのときに限って、極めて簡単に、あっさりということを聞いたのである。頭が金しばりになっていたとしか答えようがないのだが、親父のすすめるとおりの人と一緒になってから、三カ月くらい経って、ある日ふと我に返り、この結婚はだれが決めたのだったかなあと、首をかしげたほどである。

このような経験は、なにもぼくだけのことではなく、友人の中にも、同じような体験をした者が何人かいる。これは、きっと、運命の奥深いところに〝運命の鍵〟を握る妖怪が宿っていて、そいつが、本人の意志とはかかわりなく、何でも勝手に決めてしまっているのかもしれない。

# 第17話　器物に宿る霊

昔から、古い器物には精霊や霊魂が宿っているといわれている。

たとえば江戸時代に書かれた随筆なんかにも、人が寝静まった丑三《うしみ》ツどき——ある家の物置で何やらヒソヒソとくぐもった話し声がもれてくる。家人がふと目をさまして、泥棒じゃなかろうかと覗いてみれば、物置のなかには、猫の子一ぴき見当たらない。首をかしげながら部屋に戻ってしばらく経つと、またヒソヒソ声が聞こえてくる。いよいよ不審になって、そーっと足音を忍ばせ物置に近づくと、音をたてないように戸をわずかにすべらせて、隙間から中をうかがった。すると暗い物置の棚のあたりで、古い針箱や琴が低い声で話をしていた……。

この種の逸話《て》は、方々の土地に残されている。実際に話をするかどうかは別としても、器物に霊が宿っているのは、どうやら本当のような気がしないでもない。

ぼくがまだ神戸で紙芝居をかいていたころ——紙芝居というのは今ではもうなくなってしまって、ちょっと懐かしい気さえするけれど、当時はあちこちの街かどで、自転車の荷台に箱をつんだ紙芝居屋さんたちが、タイコなんかの音も高らかに、子供の期待に燃える熱い目差しを一身にあつめて活躍していたけれど――紙芝居は絵をかいて、そのうえに色をつけなくちゃならない。それを何枚も手ぎわよく片づけていかなくてはならないから、どうしても紙芝居製作者にとっては、大きな机というのが生活必需品になってくる。

ところが当時のぼくには、新品を買うだけの余裕がない。しかたがない、近所の古道具屋にいって、開店以来ずっと置きっぱなしになっているみたいな古めかしい机を安くゆずってもらった。

それは机というのは名ばかりのシロモノで、分厚い板に四本の太い木柱が打ちつけられているだけの単純明快な作りをしていた。おまけに色はまっ黒け。長い間、方々で、いろいろな人間の手から手に渡ってきて、拭いてもおちない机の歴史というか苦労といったものが滲《にじ》みだしているような色だった。

でも、その机には、なんとなく人を包みこむ優《やさ》しさみたいなものがあった。安心してよりかかっていられる、そんな気分にさせるのだ。ぼくはいつもその机によりかかりながら仕事をした。

転居のときにも、まっ黒けな机は、まるで長年飼われた犬か猫みたいにくっついてまわり、とうとう東京までたどりついた。このころはもう紙芝居からは足をあらっていたけれど、いらなくなっても手離す気になれなかったので部屋の片隅に置いていた。

ある日のこと、ぼくの家に顔見知りの男がころがりこんできた。彼は中年にさしかかり、そして残念ながら、作品も下り坂になったマンガ家である。貸本出版屋の世話ということもあって、彼に一室貸したところ、身一つのままやってきたので、仕事用にあのまっ黒けな机を使わせてほしいという。

いいですよ、ぼくが頷《うなず》くと、ほどなく彼の部屋からノコギリをひく音が聞こえてくる。いやな予感がした。いそいで部屋にとんでいくと、やはり机の足は、すでに二本ばかり切られてしまって、中年マンガ氏は三本目にとりかかっているところだ。

「や、やめてください。その机を切るのは……」

ノコギリのたてる音が机の悲鳴にもきこえる。生き物がいじめられているような気がした。ぼくはあわてて中年マンガ氏の手をおさえた。しかし、彼にとっては単なるきたならしいボロ机にしか見えないらしく、

「足を二本切ったままじゃあ、使いものになりませんよ」

けろっとした顔でいうと、強引に四本とも切ってしまった。

それからふた月と経たぬうち、彼のマンガ家としての仕事は、すべてなくなった。文字どおり、完全にマンガ界から失脚したのである。

机の足を切る男

中年マンガ氏の転落後、足がいくぶん短くなった机は、ぼくのアシスタントのひとりに使われることになった。アシスタント君は毎日、あのまっ黒な机を拭いたり磨いたり大切にしていたが、そのうちに、

「アレにむかっていると、自分を包んでくれるみたいな、なんだかとっても安心した気持になってくるんです」

と、いいだした。まるっきりぼくが感じたのと同じことを、アシスタント君も感じとっているのである。そのことを彼にいってやると、ひどく興味をおぼえた様子で、いっそう机の手入れを念入りにしはじめた。

そして、ふた月と経たないうちに、彼はふってわいたような大地主の娘さんとの結婚話がまとまり、

「もう働く必要がないのです」

という幸運を手にしたのである。

ただの偶然だろうか。ぼくには、そういいきれないのだ。現に、アシスタント君もぼくも、机から同じような印象を、語りかけを、感じとっていたのだから――。

もうひとつは、ぼくが戦争で南方に行っていたときのことだ。

その日、ぼくは食料調達係だった。何か食料になるものを、と思いながら歩いていると、

道端に原住民のこしらえた小さな畑がある。青々としたイモの葉がたくさん伸びている。

こりゃいいものをみつけた。喜んで畑のなかにはいりこんで、土を素手で掘りかえしているうちに、なんだか両手にベットリくるものがあった。鼻がまがりそうなほど強烈な臭い。まぎれもない人糞……。パプア・ニューギニアには、畑にちょっと穴を掘って、そのなかに人糞をうめておく農作法があるのを、ぼくは全く知らなかった。

ひどい目にあったもんだ。日本人でも糞はきたないのに、異国人の糞は輪をかけてきたないような気がする。両手首まで完全にベチャーッとくっついた糞は、おとそうにも、ちっとやそっとでおちるもんじゃない。イモの葉っぱになすりつけたり、そばの石にこすりつけたり、もう悪戦苦闘。ぼくがあっちへゴシゴシ、こっちへベッタリやってると、通りがかった原住民のおじさんがにわかに騒ぎだした。

おまえがいま、糞をなすりつけた石は神サマなんだ、とどなっている。神サマに糞を食わしたヤツは、必ず自分も糞を食うことになるんだぞ。

なにをバカなことをいうんだ、迷信もいいところだ。聞き流して、そのまま兵舎に帰ってきた。ところがその夜——。

寝ていると急にモヨオしてきた。がまんできそうにない。灯というものが全然ない兵舎の便所に、手さぐりでいかなくてはならない。その日はよっぽどウンに恵まれていたのか、

南方の神霊面

それともヤケクソでいったせいか、今度は片足を便所の中へ突っ込んでしまった。

ふくらはぎまで、モチみたいなのが、またベッタリ。

木片でかきおとしたけど、うまくとれない。どうしよう。とにかく水の置いてある所に行って洗わなくちゃ。

山の中腹に作った兵舎だから、水はあまりない。ただ一カ所水がある流し場に這《は》うがごとく転がるがごとく侵入すれば、うまい具合に桶に水が張ってある。糞まみれの足を洗って、まずはホッとした。

あくる日、定例の朝の点呼が終わって兵隊は全員うちそろって食堂にむかう。みんないっしょに、ぞろぞろっと食卓につく。階級がいちばん下だったぼくは、給仕係である。

炊事当番の兵隊が運んできた飯桶を受けとって、それぞれの茶碗に盛るわけだが、フタを開けてギョッとした。桶のフチに大きなキズがあるのだ。それは、昨夜糞にまみれた足を洗った、あの桶に間違いなかった。

もはや避けようがない。それでも被害を最小限にくいとどめるため、ぼくの分は中央の所を少しだけとり、いちばん底の、多少色の染まった部分は班長殿の茶碗に押し込んだ。

しかし、こんな日に限って当の班長殿は飯を食いに現われない。

給仕係はその間、ずっと待っていなければならない。それは、死刑執行を待つ囚人の気持みたいなものだ。

かなり遅れて斑長殿はやってきた。ぼくをみるなり、いつになく優しい声で、

「俺は大隊本部で飯を食ってきた。俺の分はおまえ食え‼」

班長殿の命令は天皇の命令……。

思わず涙を流しそうになりながら、糞メシを食っているぼくの耳の奥で、あの原住民のおじさんの言葉が急によみがえってきた。

# 第18話　ツキモノの呪い

子供のころ、広い墓場は絶好の遊び場だった。ところがこの墓場には、薄気味の悪いことが多い。

昔は火葬ではなくて、土葬がほとんどだったから、棺桶という丸い桶に死体を入れて埋める。こいつが腐ってきて、うっかりその上を走り抜けたりすると、ガボッと足をとられてしまう。子供たちは、これを、〝引っぱられる〟といって、恐がったものだ。

〝引っぱられる〟は、足を土中に引っぱられると、あの世へ引っぱられるの二つの意味をかけていたのだろう。

せっかく、浮世の苦労を忘れて、ゆっくりと眠っていたところへ、餓鬼大将どもがドタドタ走りまわり、あげくのはてには泥だらけの足をつっ込んでくる、これじゃ、仏といえども怒りだすのがあたりまえだ。もっとも、死者にひっぱる力があるかどうかはわからないけれども。

しかし、自殺した人などを、『縊鬼《くびれおに》』が引っぱっていくとは、よくいわれていた。

今のように遊びにはことかかない時代とは違って、昔はなにもなかった。そこで、火消しなどが集まって、酒を呑みながらいろいろな話をして面白がった。

そんな連中にも、面白い話をする者は決まっている。

ある日も、酒をもってみんなが集まってきた。ところが、かんじんの面白い話をする者が来ない。

やっときたかと思うと、門の外から、

「今日は、急用があるので、ここで帰らしてもらいます」

なんとなく様子がおかしいので、無理に組頭のところへ引っぱっていくと、

「約束があるんで、勘弁して下さい」

といって、頑《がん》として聞かない。

組頭は強引に茶碗酒を五、六杯呑ませ、

「もうだめです」

という言い訳も聞かばこそ、さらに五、六杯呑ませた。そして、一席でいいからなにかしゃべってみろともう一押しすると、酒で約束を忘れたらしく、男は、長々としゃべりはじめた。

そのうち、門の外から騒ぎが起こった。だれかが首をくったらしい。

それを聞いた組頭はホッとした声で、

「これでお前につこうとした縊鬼は離れたんだぞ。いったい、お前がさっきいっていた約束ってのは何なんだ？」

と聞いた。

「夢のようで、はっきりはおぼえていませんが、なんだか首をくくらなければいけないような気持になりまして……」

と男が答えた。

この江戸時代の話でもわかるように、『縊鬼』というのは、一種のツキモノであるらしい。だから、首をくくらせるだけではなく、川端でなんとなく死にたくなるような時なども、この『縊鬼』につかれた時と考えてよかろう。前にも書いたことがあるが、『餓鬼つき』も、同じような種類のものらしい。

幽霊の中には、人間にとりつく種類があると信じている人も多いらしい。ぼくが、マンガで『四谷怪談』を描いた時、編集の人に、わざわざお岩さんの墓やら、神社やらに連れてゆかれ、お経をあげてもらったことがあった。

ぼくは、妖怪の世界の奥がどうなっているのかよく知らない。しかし、お経とか、おはらいの力で、〝とりつかれなくなる〟とは思えない。ドラキュラには、日光やニンニクが

霊

武器となる、といったたぐいの話と同じで、内心、滑稽なくらいに考えていたほどだ。

ところが、その編集の人は熱心に拝むので、ぼくもそれに従わざるを得なかった。

後年、宝塚でお化け大会を催した時も社長がわざわざやってきて、神主を呼び大々的に祝詞《のりと》をあげ、おはらいをうけていた。ぼくも同席していたが、その後、八年間も続いたお化け大会のたびに、おはらいをうけるためだけに、飛行機でかけつけていったものだ。

もちろん、内心ではバカバカしいと思っていたが、ちょっとした事件が起こってからは、そうとばかりもいいきれなくなってしまった。

その事件というのは四年前、あるテレビ局がお化けの番組を企画したところからはじまる。夏の暑い盛りに何週か連続で流そうというのだ。

ぼくは、大きなぬいぐるみを作るためにいろいろなアイディアを出して参加したのだが、高い視聴率をあげることができて、テレビ局の人にも感謝されて嬉しかった。

翌夏にも、再び出てほしいと依頼があり、いろいろなお化けを工夫して出したが、その中に『泥田坊』というお化けもあった。

『泥田坊』とは、田が取られたり、田があっても、そのあとつぎが怠け者で耕さなかったりすると、田の中から出てきて、

「田をかえせ、田をかえせ」

というお化けなのだ。

この『泥田坊』にスタッフがすっかり惚れ込んだ。美術部員など、ぬいぐるみを作ったばかりか、わざわざ北陸のほうまで持っていって、田の中に入り大熱演した。

キャストのほうも同じで、みんな泥にまみれての、熱気あふれるロケだったそうだ。

こんなふうだから、プロデューサー氏も、

「来年もぜひやりましょう」

と大乗り気だった。その後、不思議なことになんの音沙汰もない。

そうこうしているうちに年があけ、おかしいなと思いはじめたときに、ある編集者が来て、とんでもないことをいう。

「あのテレビ局で、例のお化け番組にかかわった人が二人も死んだんですよ」

「へえ！」

ぼくは思わず叫んでいた。

「ほら、泥田坊のぬいぐるみに入ってがんばった人、おぼえていますか？」

「ああ、美術部員とかいう人でしょ」

「そうそう、あの人がまっさきに原因不明の病気で死んだんですって」

「ほんとうですか？」

「ほんとうもなにもありゃしない。それでもう一人、やはり、妖怪になった人で間もなく原因不明の……」

「死亡ですか」

「そうなんですよ。そのほかにも、二、三人、病気になった人たちがいるそうです。これからも、まだ、何人か出るかもしれませんよ」

驚いて声も出ないぼくに、その編集者はこう続けた。

「これがですね、いずれも若くてピンピンしている連中なんですよ。なんとも不思議じゃないですか。プロデューサーもすっかり頭をかかえこんじゃって……」

「偶然が重なっただけかも……」

ぼくがそういうと、

「一つの番組にかかわっている健康な若者が、さしたる原因もなく急死するなんて、どう考えたって、おかしいですよ。偶然なんてもんじゃないと思いますがねえ」

妖怪のしわざといわぬばかりのことをいって、その人は帰っていった。それでなんの連絡もなかったのかと納得したものだ。

しかし、妖怪やお化けを取り扱って死ぬことがあるのなら、ぼくなどまっさきにとりつかれて死ぬはずなのだが、そうでもないらしい。その話を娘にしたら、

妖怪たち

「お父ちゃんは、お化けの友達だから、大丈夫だったんだ」

という。

なるほど、ぼくはお化けをメシのタネにしている、というよりもむしろ、お化けに食べさせてもらっているといったほうがよいくらいだから、お化けを不快にさせることなどできないわけだ。お化けのほうも、ま、あいつは大目にみてやろうと考えているのかもしれない。

それにしても、なんでテレビ局の人たちは死んだのだろう、と考えてみて、ふっと気がついた。あの人たちは、わずらわしいので、神主のおはらいやお経をあげてもらっていなかったのかもしれない。だから、とりつかれて死んだのだとまでは断言できないが、なんでも割り切ってしまう、いわゆる近代的という奴が、あの人たちに死をもたらしたのかもしれない。

不合理でバカバカしいとばかり思っていたおはらいやお経が、ぼくの思わぬ助けとなっていたのかもしれない。

考えてみれば、ぼくがお化けを描くのは、火薬取扱者と同じくらい危険なものを取り扱っているのかもしれない。その火薬が爆発しなかったのは、たまたまの幸運だったにすぎないと思うと、思わず身ぶるいがする。

# 第19話　死者の招き

大きな自動車事故のあと、死んだ家族の一員が同じところで事故にあったりして死亡する記事をみて、ぼくはいつも不思議に思う。

偶然というけれど、自動車事故で死亡するというのも何百万人に一人なのに、そのうえ同じ家族が、しかも同じ場所で死亡するというようなことは、どう考えても偶然以上のものに思えてくる。

子供のとき、よく「引っぱられる」という言葉を耳にしたものだが、これは死者が生者を引っぱり、同じ死者の仲間に入れようとすることで、自動車事故のソレも、「引っぱられた」のではないか、と思う。

そういうことは、気をつけて見ていると我々の身近なところでも、しばしば見うけられる。

たとえば、夫が長のわずらいから死に至ると、間もなくその家内も死ぬといった具合である。まあ普通は、看病疲れで亡くなったとかなんとかで片付けられてしまうわけだが、なにしろ相手は死者だから、どのような引力で引っぱるのか、死者に口ナシというわけで、だれにもしゃべってくれない。

子供のころ、こういうこともあった。

ぼくの近所に不幸な家があり、そこの子供は小学校五年生くらいで漁船の飯たきになっていたが、まだ幼かったので陸《おか》に上がると、再び漁船に乗るのをいやがるのだ。その父親は、義理の父親で、漁船の船主から前借りをしているものとみえ、子供がいやがっても、船に乗せないわけにはいかない。

たしか朝の四時ごろだったと思う。あまり大きな泣き声がするのでいそいで外に出てみると、竹で子供がなぐられている。

「お父つぁん、陸でならどんな仕事でもするから、漁船だけはやめさせてくれ」

と、わめいていたが、どうすることもできない。その子供は泣く泣く船に乗せられてしまった。それから何日か後、父を陸に残したまま、漁船は嵐にあって子供は乗組員もろとも死んでしまったのである。

事故から一、二年たった正月のこと、その義父がほろ酔いかげんで小舟に乗ろうとしたとたん、足をふみはずし、そのまま海中に落ちて死んでしまった。

それは、あの嵐のあったのと同じ日だったのである。「引っぱられた」と、近所のものはウワサしあったものだった。

また、こんなこともあった。

親類のばあさんが病んでいて、間もなく死ぬだろうという時だった。のんのんばあという、ぼくの親しいばあさんと二人で見舞いに行くと、のんのんばあはしきりに、

「エケスのばばを引っぱっちゃってごいて（イケスのばあさんを引っぱって下さい）」

と頼んでいる。

おかしな話をするなあと思ってきいていると、その親類のばあさんが亡くなって七、八カ月もたったころ、イケスのばばあというのが亡くなった。

のんのんばあは、

「おらがたのんじょいたけん（わたしが引っぱるようにたのんでおいたから）」

と、ぼくの母と話していた。死者になると生者を引く力があるから、引っぱってもらったというわけらしい。

もっとも死者に生者を引く力があるなら、殺された人間などは、相手のことをすぐに引けばいいということになるが、そこのところはどうも理屈通りにはいかないものらしい。

その死者にある力のそなわっているのといないのとがあるのかもしれない。

話はちょっとワキにそれるが、ぼくは少年時代によく古い墓に小便をひっかけて、墓に

入っている人の気持みたいなものを知ろうとしたことがあった。ぼくの小便が、ユリ・ゲラーまがいの小便だったのかどうかは知らないが、こうすると死者の気持がぼんやりとわかるのだ。

ぼくはそのころ、小便を通じて霊電気のようなものが、体に伝わるのではないかと思っていた。もっともこの発想は、みみずに小便をひっかけるとチンポがはれたということに由来している。つまり小便を通して細菌がくっついてくるわけだから、墓に小便をかければ霊電気が通じて、死者と通信ができると子供ごころに考えたわけだ——。

話はかわって戦争で南方にいたころのことである。

ぼくをずいぶんいじめた兵長がいた。もう終戦も近い時分で、板の上に毛布一枚という野戦病院にぼくが寝ていると、

「おい、お前の中隊の者が壕で待っているぞ」

と、衛生兵にいわれて、

「へんだなあ。俺の中隊の者がくるわけがないが」

と思いながら大きな壕の入口にいくと、驚いたことに、ぼくをいじめた兵長殿が動けなくなって寝ているのだ。病名はいわないが、とにかく下半身にできもののようなものができて動けないらしい。

小便による霊との交信

「ようきてくれたなあ」

死にかけた猫みたいな手でぼくに抱きつくので、ハッとして、

「兵長殿、なにか欲しいものでも……」

というと、戦友はありがたいなあ、とすっかり弱気になっている。あの兵長がこんなにも弱々しくなるものか、半信半疑で肩に手をやると、そこもできもの、だらけ。

「俺、パパイヤがほしいんだ。戦友はありがたいなあ」

「パパイヤなら二、三日中に必ず手に入りますから」

なんだか気の毒になってきて、そういってやれば、じゃあ、お願いするよ、といまにも消え入りそうな声。

それから二、三日して、偶然にパパイヤが手に入った。

「これ、兵長に持っていってやろうかなあ」

そうも思ってはみたものの、なにしろ空腹だったから、つい手がパパイヤを口に持っていってしまった。いいわけがましく、まあいいや、明日になれば、まただれかが持ってきてくれるかもしれない。兵長殿はそのパパイヤでかまわないだろう、と寝入ってしまった。

その明くる日の夕方のことだった。

「お前の中隊の兵長は死んだそうだ」

衛生兵が知らせに来た。
「しまった」
と思ったが、もうおそい。パパイヤは前日、ぼくの胃袋の中に入っている。
暗い道をたどって壕のほうに行ってみたが、すでに兵長の姿はない。屍室だろうという
ことで、衛生兵に案内してもらったけれど、そこにもいなかった。
「きっと処理されたんだろう」
衛生兵のことばを背にききながら、ああ、かわいそうなことをした、あのときパパイヤ
を持っていってやれば……くやんで夜道を歩いていると、どうしたわけだろう、なかなか
自分のいた野戦病院に帰りつかない。それどころか、だんだん見知らぬところにいってし
まい、とうとうジャングルの中に迷い込んでしまった。
はじめはそれほどでもなかったが、時がたつにつれ、次第にあせってくる。ワキの下に
冷たい汗が流れてきて、あわてて走ろうとした。そのとたん、体が空中にフワッと浮きあ
がった。
ハッと身をかたくしたのと同時に、強烈な屍体の臭いが、鼻をついた。あたりには、ダ
ンテの『神曲』の絵さながらに、さまざまな形の屍体が、青白い月光にさらされているで
はないか！

パパイヤのいましめ

とにかくここから逃げ出さなければ、と思っても腰が抜けたのか、むなしく手が空をきるだけで体は動かず、すさまじい屍の群れからのがれられない。もがいているうち、ふと前の屍体に目がとまった。ものすごい形相をしたその屍体は、まぎれもない、あの兵長殿だった――。

全身の血が一度にスッとひいていくのが、自分でもわかった。体はブルブルふるえだし、声をあげようとしても声にならない。あとはなにをどうしたのか、まるでおぼえていない。無我夢中で、気がついたときには自分の病室にたどりついていた。

あの地獄から、どうやってはいあがってきたのか、今でもよくわからない。ただ考えられるのは死ぬ直前にパパイヤを食いたいといっていた兵長の願いをかなえてやらなかったために、そのうらみで死者に招かれた、ということである。

さいわい、死者の引きよせる力が、少し弱かったせいでぼくは生きながらえることができたのではないかと今でも思っている。

# 第20話　霊魂の世界

まだものごころもつかなかった時分、お盆というのは祖先の魂がかえってくるのだと聞かされて、なんとも不思議な気がしたものだ。

ぼくの育った山陰地方では、お盆にワラの舟をつくり、それにホオズキとかキュウリ、ナスなんかをのせて、海に流したり、あるいは〝送り火〟とかいって道端で火をたいたりする習慣がある。

その舟の行方が気になって、

「あの舟はどこに行くのか?」

と祖母にたずねてみた。

祖母はおごそかに、

「十万億土という、遠い極楽みたいな世界に流れて行くのだ。そこには、ご先祖様の霊とか、お釈迦様がいらっしゃって、楽しくくらしているんだよ」

という。

落ちつきはらったそのいい方に、ぼくはすっかり信じ込んで、この世界には、〝目に見える世界〟と〝目に見えない世界〟があるんだなと思っていた。

幼いころ、心に刻みこまれたことはいくつになっても残るものらしい。いまだに、なにかあると、

——ふん、世界は、やはり二つあるんだな——

と自問自答するのを常としている。

そのくせ『霊魂の世界』といったような本を、気が向いたときに開いてみるが、どうにも素直に信じられない。

チベットの『死者の書』とやらをひもといてみた。死んでから生まれるまでの、霊界の様子、魂の変化等々が、熱っぽく愛情をこめて説かれていて、感動的だ。しかし、感動はしてみても、これまたどうも信じられない。

そんなぼくだが、ときたま、霊魂についての座談会や対談に招かれることがある。その種の話に身をいれているとき、なにかのはずみで霊界に足をふみ入れるのではないか、という期待をもってはいるのだが、残念ながら霊界の敷居は高くって、おいそれとはもぐり込めない。
五、六年前だったか、美輪明宏さんたちと、霊魂の話をしたことがあったが、そのとき、

美輪さんに、

「水木さんの背中にうらめしそうな女の人の姿が見える」

とおどかされた。

〝怪奇もの〟だとか〝妖怪もの〟などという、あやしげな漫画を描いているためか、霊会に招かれることも多い。

霊会とは、書いて字のとおり、霊に会うためのもので、ぼくが招かれたときには、高尾山の先のほうにある、ナントカ山の頂で開こうということになった。

山頂近くの神社に着くと、神主が、

「あの山の頂にはよく竜が出るからねえ、注意したほうがいいですよ。天狗《てんぐ》なんて、珍しくもない」

と、なんでもなさそうにいう。こりゃあ、本物の妖怪にお目にかかれるかもしれないな、と思うと、妙に胸騒ぎがしてきた。

それに、会員の方たちの目が異様だ。もっと正確にいうと、瞳になんともいえぬ光が宿っている。その強い眼力で、ひたとねめつけられ、いろいろと話を聞かされると、この人たちが正常で、ぼくが異常なのではないかしらん、と思えるほどだった。

「ぼくは、霊魂の世界なんて信じたいけれど、どうしても信じられない」

霊に会う？

最後にやぶれかぶれでそういうと、

「あら、冗談ばっかり」

「あなたがそんなことおっしゃっても、だれも信用しやしませんよ。だって、あなたは、我々の仲間なんですから」

「鬼太郎の世界が描ける先生にしちゃ、またごけんそんで」

まるで聞いてくれない。

そんなこんなのうちに、『天狗』を呼び出すことになった。呼び出すといったって、霊媒のようなひとが、『天狗』のかっこうをして、しゃべるだけだ。

次は『河童』。霊媒のオッサンは、また『河童』のようになってしゃべるのだが、それほど新味があるわけでもない。どこかで聞いたような話だ。

そこで、

「天狗も河童も、霊媒さんに乗り移ってしゃべることは、昔の本に書いてあるのと似ておるようですが……」

というと、

「そりゃ、あなた、昔っから霊媒さんの力を借りて妖怪を呼び出していたからですよ」

とおっしゃる。

「じゃ、妖怪どもはいったいどこにいるんですか？」

と重ねて問うと、

「ほら、そこにいるじゃないですか。ここいらにも、あちらにも……」

ここいらにも、あちらにもといわれても、普通の人間にはなんにも見えやしない。結局、霊の世界、妖怪どもが跋扈《ばっこ》する世界があるという確信は持てなかった。

いつごろからか、ぼくのところに霊界を信じている男が、ちょいちょい顔を見せるようになった。

「なんで霊界を信じるの？」

とたずねると、

「だって、見たんです。いっぺん体験すりゃあ、確信が持てますよ」

と自信たっぷりに答える。

なんでも、奴さんが信州の山の中で修行したときのことだ。だれもいなくなった廃村にもぐり込み、なかでも一番大きそうな家に狙《ねら》いをつけ、中で修行仲間と二人座禅を組みはじめた。そのとき、奴さん、チョウセンアサガオの種を飲んだという。

「なんでそんなものを飲んだのです」

「マンダラ華《げ》ともいうそうですが、チョウセンアサガオの種ってのは、一番霊力がつくそ

霊と交わる

うですから。それに、この種ってのが危険な代物でしてね。適量を飲めばいいですが、飲みすぎると死んでしまう、とにかく修行していないとダメなんです」

「……」

「飲むと、霊界が浮かんでくるんです。だから、少々危険でもためしてみるんです。でもね、こいつは幻覚剤じゃありませんよ」

なんでも、チョウセンアサガオの種をのむと、魂が抜けていくような気がするという。ただ、魂と肉体とが糸のようなものによってでもつながっていれば安心だが、プツンと切れたときには、死が待っているそうだ。

どうも、かなり剣呑《けんのん》な代物らしいが、ぼくはひどく興味をそそられた。

「それで、どんな霊魂が見えたの？」

とたたみかけるように問うと、その廃村でくらしていた村人たちが、次々に浮かび上がってきたと答える。もっとも、霊魂だけが残っている村人たちは、かれのほうは見向きもしなかった。生者であるために世界が違って見えなかったのかもしれない。

少しくらいなら危険をおかしても、霊を見てみたいと思ったのだが、チョウセンアサガオの種を飲めば、だれでも、いつでもとはかぎっていない。血のにじむような修行と、適当な時期が必要らしい。

このチョウセンアサガオの種には、ある種の麻薬のような成分が含まれているのかもしれない。

いずれにせよいくら好奇心の強いぼくでも、チョウセンアサガオの種を飲むのだけはもう一つ気が進まず、遠慮してしまいたい気分だった。霊魂を見るための最後の望みだったが、強烈な修行の話を聞いていやになってしまったというわけだ。

霊魂の世界について、関心は人一倍持っているが、いまだによくわからない。というより、いったいそんな世界があるのかどうかということ自体も、なんとなくあやふやだ。あやふやなのに、霊魂の世界に題材をとって漫画を描くことが多いから、どうも誤解されやすい。

いずれにせよ、死後を霊の世界に生きられるということになれば、人生もずいぶん楽な気持で生きられると思うのだが……。

# 第21話　この世とあの世

ニュージーランドの沖で得体の知れない「怪獣」の死体があがって、これこそニューネッシーの首長竜だとか、いや腐乱したサメの死骸だとか、一時、テレビや新聞などで大騒ぎになったことがあった。

ぼくも、あの吊り上げられた「怪獣」の写真というのを見せてもらった。一見して「ミゴー」によく似てるなあと思ったのである。

「ミゴー」というのは、口には鋭い歯がならび、首には馬のたてがみみたいな毛が生えている動物で、四、五年ほども前に、ニューブリテン島のタラシアというところに棲息していたらしい。原住民の話によると、湖に繁茂するコケや藻のたぐいを食べているのだという。ただ彼らにとって、「ミゴー」は〝霊界の動物〟であって、それゆえ捕えたり手出しをしたりするのを、ひどくきらっているようだった。

タラシアのほかにも、このニューブリテン島には怪獣が住んでいて、そこは旧日本軍の基地があったラバウルの近くの火山湖である。こんどは「マッサライ」というヤツ。口はワニのように大きく裂け、長い首には剛毛がはえている。背中がコブみたいに盛り上がっていて、手足はカメのごとく巨大なヒレ状である、と現地の人が説明してくれた。

おもしろいことに、ラバウルのこの火山湖は、湖底に洞穴があって、それがずっと海のほうまで続いており、自由に外海と行き来ができるのだ、とも教えてくれた。

ところで「マッサライ」という名前は、ニューブリテンの現地語で「精霊」とか「魂」とかをあらわす言葉らしい。つまり火山湖の湖底の一部が外海とつながっているという「伝説」を下じきにして考えているのだ。地の底の霊の世界に住む精霊マッサライは、「この世」の火山湖と「あの世」の外海をむすぶ使者というわけである。

突然湖面の水を押し上げて目の前にあらわれる不気味な怪獣は、たしかに自分たちの祖先や一族の霊魂を守り、彼岸に導くのにふさわしい姿をしているのかもしれない……。

実際に、このあたりのメラネシアの人たちは「あの世」のことを、すなわち「もうひとつの世界」のことをどう考えているのだろうか。

外海に出た霊魂は、死の島ノルマンビーにむかうという。この島には死霊の住むバブエソという山がある。旅に出た精霊は、みんなこのバブエソをめざすのだけれど、みんながみんな安住できると思ったら大間違い。どこかの国のきびしい受験戦争なみの「資格審査」がある。死んでまでこんなことをやらされるなんて、とってもかわいそうな話だ。

死の島ノルマンビーに向かう死者の魂

それはともかく、「ノルマンビー上陸」をはたした死霊は、バブエソへ通じる山合の道をトコトコ歩いて（なぜかここの死霊は空中を飛ばないで道を歩く）蛇身の橋というのを渡らなければならない。この蛇の橋がほんとにクセモノで、無事渡りきった者だけが「合格者」として至福の国への入国を許されるのである。

ここでは、前世の功労が大きくモノをいって、たとえば偉大なる戦士などというのが渡るときには蛇もじっとしていてうまく渡れるのだが、老人や醜い人や傷ついた死霊が渡る段になると、蛇は身をくねらせて大暴れするので、人は谷間におっこちてしまう。浪人して再びチャレンジという制度はないらしく、谷間におちた死霊は、動物に転生すると信じられている。

となりのブーゲンビル島は、もっとシビアな「他界観」をもっている。

まず種族のだれかが死んだら、木製のタンカみたいなものに乗せて、彼が生きていたときによく行った場所やら船庫やら親類縁者の家なんかを、ひととおりぐるっとまわる。「この世」との最後の対面がおわると、船に移されて、いよいよ沖合で水葬にされる。

足に石をくくりつけ、海中に投げ込むというきわめて荒っぽい葬式だが、この弔葬儀礼が正しく行われたかどうかによって、死霊の今後の運命が大きく左右されてしまうのである。

海に接してくらしている種族らしく、死後の旅立ちも船が使われる。

死霊の集合場所は、ガエタと呼ばれる船着場である。ここで待っていると、やがてどこからともなく清らかな楽の音が聞こえて来て、それとともに祖先の霊を乗せた船が、ゆるりと姿をあらわす。死霊が水を渡って別の「もう一つの世界」へ行くなどというのは、日本の「三途《さんず》の川」みたいなところがあって、とても親しみがわく。だが、これから先が大変なのである。

霊をのせた船は、水面を渡ると「ガラガ」という険《けわ》しい岩山のふもと近くにたどりつく。この岩山に霊界の総もとじめみたいな「試験官」の精霊がいて、到着した死霊をひとりずつというか一個ずつというのか、なにしろ片っ端から調べて、天国行きと地獄行きにふるいわける。

精霊は「ホーニング」と呼ばれている。「ホーニング」がどうやって「試験」をするかといえば、かねてより片手に持っている細い棒状のものを、死霊の鼻の穴に突っこみ、左右の穴が貫通しているかどうかをみるのである。ここで死んだときの葬儀の効能がフルに発揮される。つまり、正しく葬式が行われた死霊には鼻腔内のしかるべき個所に穴があいているという寸法だ。あいている霊は「合格」である。

合格霊は、このガラガ山中にある「ルウノオノオ」という湖にいくことを許される。

「ルウノオノオ」は幸運の霊のいく湖。働かなくても食物は不足なく与えられ、永遠のなかで歌ったり踊ったりしていられる至福の世界である。まさしく「極楽浄土の蓮の台」そのものだ。

その一方で、穴のあいていなかった不合格霊に対する仕打ちは、ひどいものだ。穴なし不合格霊は、もっと北方にある湖・カオピリに流される。

カオピリは、血と火の渦巻く飢餓地獄である。ここに追われた死霊たちは、永久に地獄をさ迷うことになる。また戦いに死んだ者、自殺した者も不名誉とされ、「イリール」と名づけられている暗黒の谷間に突き落とされるのである。

ところで、こういった「死後の世界」に、なにかのハズミで生きながら踏み込んでしまうこともあるようだ。生きたままこの世との接続点をこえ、「もう一つの世界」を垣間《かいま》みるのである。それはぼくが戦争でこの地を転戦しているときのことだった。

ブーゲンビル島の近くで夕刻ごろ敵に追われて、あわてて海岸の岩場に身をひそめていると、どうしたことか迫りくる夕闇にまぎれこんで、知らぬ間にぼくひとりだけがとり残されてしまった。

おそるおそるあたりの様子をうかがってみたが、敵からの危機は一応脱したようだ。仲間はみな無事で帰りついたろうか。ぼくも急がなくては、と立ちあがろうとした途端、足

精霊ドクドク

がズルッとすべった。やけに足場が悪い。どうなっているのだろう。

夕闇を透かしてジッと目をこらせば、あたり一面に藻のはえた丸い石がころがっている。同じような大きさ、同じような窪み。いや、これは石じゃない。ぼくはそのときになって初めて気がついた。頭蓋骨だ、無数に敷きつめられた髑髏《どくろ》の海岸だ。海に葬られた人たちは潮の流れの関係で、ここに集まってくるらしい。それにしても夥《おびただ》しい数の頭骨だ……。

いきなり背後で足音がした。おどろいて振り返ると、黒い影がぼくを囲むように闇のなかに立っている。この島の現地人だ。

一瞬、現地人が敵にまわったのかという思いが頭をよぎった。黒い影は、なおもぼくのほうへにじり寄って来る。

とにかく今は逃げるだけだ。頭蓋骨に足をとられながら、必死になって走った。力の及ぶかぎり走り続けた。山の中へ逃げ込め。夜なら逃げきれる。険しい岩山を、わずかな岩壁の手がかりをたよりによじ登った。下をみると、たいまつの火がいくつも動いている。足もとの岩が砕けて、カラカラ乾いた悲鳴をあげながら転がり落ちていく。休んでいる暇はない。なんとしても逃げのびなければ。

気ばかり急いでいるためか疲労が限界に達したためか、そのうち体がまったくいうことをきかなくなってしまった。異様な重圧感。鉛のように重い体。いつの間にか、ブタとも人ともつかない奇妙な生きものが、ぼくの前に立ちはだかっている。手にした細い棒みたいなものを、ぼくの鼻めがけて突き通そうと――。

気がつくと、ぼくは兵舎に帰る道をひとりで歩いていた。ホーニングは、ぼくを不合格にしたらしい。ぼくは、日本という名の別の地獄へ流されたのだ。

そのせいでもないが、復員すると間もなく、紙芝居から貸本マンガと十数年、飲まず食わずの生き地獄が続いたような気がする。

考えようによっては、案外、死んだ連中はホーニングによって極楽の方へ選り分けられた組だったのかもしれない。

# 第22話　死について

だれも、死について自信たっぷりに語れる人はいないだろう。

いわんやぼくのように、あまりまともにものを考えたことのない人間には、死について、真面目に正面から語ることはできない。ただ、昔から死には関心を持っていたので、ぼくなりの体験をいくつかお話してみたい。

ぼくが死の存在に気づいたのは、六歳くらいの時であったろうか。

それまでは、生は無限につづくものと考えていたから、地上は楽しかった。だから、死というものがあって、終わりがあると知らされたときは、オドロキだった。胸がドキドキした。地上にはなんてオソロシイことがあるんだろうと思った。

とはいえ人間は、不快なものを遠ざける性質があるから、ぼくも死のことはしばらく忘れていたが、ある日、たしか小学校の三年生くらいの時だったろうか、ある婦人雑誌に手相のことが書いてあって、これからの運命が手の筋に表われているというのだから、関心を示さずにはいられない。

熟読すると、どうやら、どうひいき目にみても、ぼくの生命線は二十歳くらいのところで切れているではないか。これがまた恐怖だった。胸がドキドキする、考えないようにしよう、忘れようとすると、逆に関心がいよいよそちらの方に向く。夜になれば、母の死んだ夢なんかみたりして、いやが上にも死のことを考えさせられる。どうあがいてみてもそれからのがれられないとわかると、よけいこわくなるものだ。その手相の一件で、少くとも三、四カ月の間、死の恐怖になやまされつづけたものだった。

そんなことだから、いきおい死後のことについても関心が生まれてきていた。年中行事とかいったものは、祖先から受けついだものであり、祖霊や死のにおいがしていたから幼時から興味をもっていた。特にお盆には強い興味を覚えた。お盆には祖先の霊がやって来る。そしてその霊を迎えるためにいろいろな行事がある。しかも大人が、真面目にやっているから、てっきり、もう一つの世界があるものと考えていた。

それに、地蔵さんとお稲荷《いなり》さん。これが不思議でたまらなかった。なんでこんなものが地上にあるのだろうと思って、近所のおばあさんなんかに話をきくと、どうやら死後の世界、とでもいうべきものがあるらしいと考えざるをえない回答だった。

田舎の方に行くと、よく何十代も前の祖先からの墓がずらりと、三列か四列くらいに並んでいて、きれいに掃除してあるのを見かけることがある。話をきいてみると、その一族は、戦国時代あたりからこのあたりにずっと住みついているらしい。

そういうところのおばあさんは、死に対してとても充実した考えを持っており、見るからに幸福そうだった。

さて、ぼくの手相の生命線は、相変わらず二十歳くらいで切れていたが、戦争が近づくにつれ、もうあまり気にすることもなくなっていた。なにしろ目前に死がせまっていたから、もう、いかにあきらめるか、が、毎日の仕事になってきたわけである。

いくらか本も読んでみたが、なんだかその時だけはわかったようなつもりにはなるものの、ぼくの心のモヤモヤをきれいにぬぐいさってくれるような決定打みたいなものは、なに一つなかった。こと死に関しては、どうやら〝狂〟以外にはなさそうに思えた。やはり一般に行われているように、死にはふれないことが一番よさそうだが、当時の状況では考えざるをえない事態をむかえていて、戦況は日々に悪化しており、新聞を見ても雑誌を見ても、若者は戦死するのが「美徳」だと書いたものばかり。そこへもってきて食うもの、着るものすべて配給制ときているから、お菓子一つも自由にはならない、どうしようもない時代だった。

町に出ると、「欲しがりません勝つまでは」などと大書してあって、ハリキッているのは軍人と右翼くらいのものだった。

六歳のころ、死の存在に気づく

そうこうしているうちに戦争はいよいよ激しさを増し、すでに兵隊にとられていたぼくは、日本内地で訓練され戦地に送られていくわけだが、なぜかそのころ、すべてのものが運命という、目に見えない糸にあやつられているように思えてきて仕方がなかった。

たとえば中隊のラッパ手を命じられたぼくは、ラッパをうまく鳴らせないからやめさせてくれと上官に申し出たところ、もう、その日の夕方には南方行きが決められていた。

鳴らなくってもラッパ卒になっていればいいようなものだが、まあ、ラッパの吹けないラッパ卒もないだろうし……運命というヤツだろう、やめたくてしようがなかったのだ。

輸送船で南方の戦地に送られる途中でも、アメリカの潜水艦から発射された魚雷が船の舷側スレスレに横すべりしていったりするさまを見ても、

「どうしてあたらなかったんだろう」

と、むしろ不思議な思いがしたりして、なにかやはり、我々の目には見えない運命の糸みたいなものの存在を感ぜざるをえない気持にさせられるのだった。

ぼくの配属された中隊は、なにか人事係のまちがいでもあったのだろうか、どのみち死ぬ以外ないようなひどいところに行かされてしまっていた。まあ、そんな場所に行かされた者こそ災難である。幸か不幸か、ぼくたち兵隊には任地について何一つ知らされていなかったから、そんなオソロシイところに連れてこられたとも思わず、食い物は無かったと

はいえどうにか生きのびることはできた。

考えてみれば、運命の布石は、個人の気づかない間に、着々と打たれていたのである。あとは台本どおりに動く喜劇役者のように、日々をおっかなびっくりその布石どおりに演じていれば良かったようなものだ。

現地では、あるときはワニにくわれそうになったり、またあるときは、マラリアにかかったり、あるいは道に迷って、行き倒れになって、その度に死の淵をのぞき込んで来たけれどどういうわけか、生きたというよりも、生かされてきたといった感じがしてならない。

たとえばマラリアが悪化して動けなくなってしまった時にも、やはり生きたというより生かされた思いがしたものだ。

もうすっかり弱ってしまって食事もほとんど喉《のど》をとおらず、熱は相変わらず一向に下がる気配をみせない。熱にうかされながら、〝もう、これでほんとうに死んでしまうのかもしれないなあ〟などと思いながら、毎日タコ壺と呼ばれる穴の中で〝自分が死んだらどんなガイコツになるだろう〟といろいろな格好のガイコツを想像したりしていた。

そんなある日のこと、原住民の子供がニヤニヤしながらぼくの前を行ったり来たりするので、

「食い物を持って来い」

といってみた。

するとどうしたわけか、それからというもの、いつも夕方になるとその子供が果物や芋を持って来るようになったのだ。

それがまた、とてつもなくうまいのだ。もう、今日は来ないだろうと思っていると、やっぱりヒョッコリやって来る。そんなことがかれこれ二カ月もつづいたろうか。

毎日、思わぬ美食にありついたせいか、いつの間にか元気も回復し、それから三カ月もすると歩けるほどにまでなったのだ。最後には、原住民の人たちに芋畑まで作ってもらったりしたものだった。だんだん体もよくなってきて、手の傷も癒えてくると、手の傷口から不思議なことに赤ん坊のにおいがするようになってきた。

新しく生命の誕生するにおいだ。それと同時に、ぼくは、大地にはものを生かす心がかくされているのだと思うようになっていた。自分一人で生きてきたようにみえるが、幾度となくくぐりぬけてきた危機を考えてみると、とても自分一人の力で生きられるものではない。いろいろな目に見えない親切の糸によって我々は生かされているのかもしれない――そんなことを考えながら穴の中で寝ていると、ぼくのために芋畑を作ってくれた原住民の老婆が、ぼくには大地の神性ともいうべきものをそなえた、大地の母に見えてくるのだった。

その老婆の外見は、皮膚病みたいなものがあり、あまりきれいではなかったが、その心は人を生かす力を持っていた。すなわち、子供に毎日食物を運ばせたのはこの老婆だったのだ。

なんとなくいい気持になって、大地の母や大地の男たちのところに入りびたっていると、彼らは口をそろえて、ぼくがここにとどまるならば……、

「畑も作ってやる」

「家も作ってやる」

「嫁の世話もしてやる」

というのだった。

そして「死後は鳥になるから心配することはない」と大きなパンの木の上の鳥を指さしたりしたものだ。

なるほど、こういうところで生活していたら、鳥になるような気持になるのも無理はない、などと考えているうちに終戦になり、引き揚げねばならなくなった。

苦しいジャパンに帰るより、この緑の大地で鳥になってしまうのもまんざらでもないという気持になって、親しい軍医に現地除隊の相談をすると、

「そんなバカバカしいことを考えるな。いずれ来るにしても、一度内地に帰ってからにし

ろ」

と諭され、〝なるほど、それもそうだ〟と思い直して日本に帰ることにしたが、しかし、ぼくにとっては原住民や軍医との出会いといったようなものまで、なにかの布石のように考えられてしかたがないのだ。

そんなわけで、さて内地に帰ってみると、なんとなくこれからの生は付録のような気がしてならなかった。まずいスイトンもうまく食べられ、吸う空気もまたうまかった。ぼくは三年ばかり戦地にいたことになるが、一番階級が下であったために、古兵や下士官にしょっちゅういじめられ、こき使われていたから、古兵や下士官のいない世界がたまらなくすばらしく思えたのだ。

「軍隊でない世界っていいもんだなあ」

と思ったものだった。

とにかくこれからは、なにか儲けものをした人生、付録の人生という気がしていたから、

「好きなことをして死のう」

という気になるのも無理からぬことである。いってみれば、定年を過ぎてまだ仕事を与えられたサラリーマンの気持と似たものがあったのだろう。ぼくは絵の方をやろうと思って、武蔵野美術学校に入るかたわら、紙芝居——貸本マンガ——雑誌マンガと描きつづけ

た。しかしそれも十年もすると、いつしか付録としての人生という実感もなくなり、いつの間にか付録は本誌に戻ってしまって、〝こうもしたい、ああもしたい〟という欲ばかり出てきて、ぼくの人生もすっかり重苦しいものになってしまった。

　果ては人生の下らないレース（サラリーマン世界の出世競争みたいなものか？）に引きずり込まれてしまって、走りたくもないコースを走らされる。いつの間に競馬の馬になってしまっていたのだろう。そう気がついたとき、〝人生ってこれでいいのかなあ〟という疑問が湧いてきた。もっと味わうべきものを味わい、自分のしたいことをするべきだ、と考えるようになった。それで仕事を減らしていった。

　ちょうどそのころから、祖霊のささやきともいうべき、奇妙な夢を見るようになっていた。なんだかわからないが、太古のウラミとでもいうべきものが胸にせまるのだ。

　初めは気にもとめずに、まあ、ただの夢だとカンタンに片づけていたが、やがて弥生時代から『出雲風土記』ができるまでの年代のことを調べ、それを書かなければならない、という気がおこるようになった。なぜそんな気持になったのか原因はハッキリしないが、なんとなくそれをやらなければいけないという気になっているからおかしなものだ。

　しかし、それも時間が経つほどにその意志を忘れかけてしまうが、そうするとまた、古代のウラミとでもいうべきものが夢に現われてきてノックする。そしてそのたびに〝あっ、そうだった。あれをしなければいけなかったなあ〟と思うのだった。

　そんな折、偶然の機会からぼくは島根半島の裏にある「加賀の潜戸《くけど》」を訪ねることになった。するとまるで潜戸が招くようにぼくを引き入れ、いいしれぬ落ちつきに似た気持にひたらせてくれるのだった。考えてみると、ぼくは島根半島の近く、夜見ケ浜に生まれ、小さいころ（五、六歳くらい）おばあさんにつれられて島根半島の裏、即ち日本海側の方によく出かけたものだった。だからそこのうす暗い道に出ると、たとえそこが初めての場所であってもぼくはいつかそこを通った気持がしてならないのだ。でも、それだけではないのではないか、ひょっとしてぼくは古代に生きていて、この道を通ったことがあったのではないか、と、ふと思いあたるところがあった。その思いにつきあたった時のことは、今でもハッキリおぼえているくらい、大きな衝撃を感じたものだった。即ち、ぼくの祖先はかつて出雲に住んでいたのだ。

　一方、時々見る夢の方は、見るごとに進み、大和かどこか知らないが、そこに日本が太古から自然に決めていた王みたいなものがいて、それがある外来の征服者のために滅ぼされ（騎馬民族かもしれない）、出雲に流されたその無念さをどうやら夢の中でぼくに訴えているようなふうなのだ。夢の中では、ぼくにはその王の無念さがジカに伝わってきて涙さえ出てくるほどである。夢の訴えによると、それがほんとうの日本の主《ぬし》で、その文化は今ではなに一つ残されていない、それが口惜《くや》しい、無念だ……といった調子で訴えかけてくるのだ。即ちそれを復活させろとでもいう意味なのだろうか。

そんな夢を見ると、一、二カ月は神話や古代の本を読みふけるのだが（読みふけるといっても毎日読めるわけではないが……）、つい他のことが忙しくなると忘れてしまうことがある。するとまた夢を見るのである。

考えてみると、ぼくがまだ子供のころ、おじいさんに手を引かれて美保関《みほのせき》に行ったことがある。その時、美保関の石ダタミがなんとなくぼくの心を落ちつかせてくれ、フルサトに帰ってきたような気持になったものだった。

親父にその気持を話すと、

「おじいさんのお父さんは美保関の出の人だ」

と教えてくれた。

そんなわけで、ぼくの家庭では兵隊に行く時とか、何か事があるたびに、だれいうとなく、みながみな、なんとなしに美保神社に詣でることが習慣になっていた。今から考えると、なにかに招かれていたのかもしれない。というのも、同じ山陰の米子市は母の里でもあって、何度となく行ったことがあるが、美保関ほどに魂を引っぱられたことが全くないからだ。〝何か信号みたいなものが、ぼくをそんな気持にさせるのかなあ〟などと考えながら、相も変わらずぼくは古代の本を集め、しかし他の仕事に追われてなかなか読みきれずに毎日を送っているのだが……。

するとまた出雲に流された無念さを夢の中で訴えかけられる。しかし幾度そういう訴えをされても、古代のことにとんと暗いぼくには、一体何のことをいっているのかよくわからないことが多い。こんなバカな話ってあるだろうかと考えながら、ぼくはその夢の謎を解明し、出雲に流されてきた古代出雲族とでもいうべきものの無念さを、晴らしてやらなければ落ちつかないという気持にさせられるのだ。

考えてみると、それはぼくの祖先で、いわば祖霊なのかもしれない。忘れかけるとノックされ、最近は死期が近づいたせいかノックの度合がはげしく、先日もとうとう自分は死ぬまでに後何年生きつづけることができるか、などと一生懸命計算してみたりもしたものだった。そんなことをすると、もうそれを成しとげないとぼくは死んではいけない、という気持にさせられるから奇妙なものだ。

それと同時に、あの戦争中から考えていた、生きているのではなく生かされている、即ち、あるものによって生かされている、そのあるものの正体がこの古代出雲族のそれだったのではないだろうか、と考えてみたりするのである。我々には感づかれない、ある布石がずっと打たれていたのではないか、出雲の祖霊は言葉ではない言葉によってぼくに語りかけ、ぼくに一時的幸運をもたらし、その幸運を足場にして出雲の祖霊たちの無念さを書け、といっているような気がしてならない。

　思えば、出雲の祖霊たちの生きていたころの生活は、戦時中ぼくらの中隊が駐屯していたニューギニアの原住民の、あの大地の母のような老婆たちの生活とほとんど変わるところはないであろうし、その精神生活は妖怪の中にふくまれているものなのだ。そうするとぼくのなしてきたすべてのものが、何一つの無駄もなく祖霊のうめきともいうべきものの表現という一点に集中させられていたのかという考えに結びつき、ぼくは、この夢を「祖霊の足音」と名づけて、いつしか真面目に考えるようになっていた。

　そうすると味気ない生というものが神秘な味わいをもち、なんとなく充実した気持になることができ、「死後は何もない」といった考え方をするよりも毎日がたのしくなるような気がしてくるから妙なものである。

# 文庫版のためのあとがき

別にあらためて書くこともありませんが、まあ世の中には不思議なことが多い。第一自分がどうしてこんなところに生まれたのか、と考えてみても、謎は深まるばかりだ。運命とか、いわゆる〝ツキ〟といったものも、不思議なものだ。たいして努力もしないのに、お金がザクザクもうかったり、いくら努力しても借金だけしか残らない人がいたり、数えればキリのないほど妙なことの多いのが、世の中というものらしい。

最近テレビなんかで「動物クイズ」などというのをやっているが、どれをみても不思議なお方《かた》ばかりでおどろく。

〝エリマキトカゲ〟だとか、〝なまけもの〟とか、〝キーウィ〟などというのは、みればみるほど不思議な生活だ。

彼らはこういう生き方しかないのだと、半ばあきらめているようでもあるが、なんとなく〝希望〟をもっているようにみえるところが面白い。

考えてみれば、人生は衣食住がたりれば、退屈なものだ。

ぼくはいつも、家に飼っている鳥かごの中の鳥たちをみて感心する。中には六、七年ひたすらカゴの中で生活し、少しもあきず、希望に満ちた目をしている。食事だって、毎日同じようなまずいものを食っている。

どうして、小鳥たちは、退屈しないのか、自分の不幸をなげかないのかと時々のぞいてみるが、けっこうたのしそうだ。きっと神様が、そのように作ったのであろう。

わずか三十センチ四方の中にとじこめられ、人間でいうなら〝終身刑〟みたいな状態、いや、それよりもひどい状態で、鳥たちは〝希望の歌〟をさえずっているのだからおどろく。

いずれにせよ、世の中、いや地球上は、不思議なことが多い。

ぼくはなんとかして、鳥かごの鳥の心を研究して、なんにもなくても幸福になれる術を学べないものかと思ったりする。

ある日突然、なにをしなくってもバカに充実した気分になれる風をすいこむことだってあるかもしれない。

まあいずれにしても、人生は希望をもつべきだろう。

このとりとめもない一文をもって、あとがきに代えます。
では皆様、お元気で。

# 解説　水木しげるの異界

呉《くれ》　智英《ともふさ》（評論家）

二〇一五年十一月三十日、水木しげるは九十三歳の天寿を全うして亡くなった。年が明けた一月には、青山葬儀所で一般のファンを含む八千人を集めた「お別れの会」が開かれ、国民的な人気マンガ家であることを誰もが再認識することになった。それは当然のことでもあり、これを機に水木の大きな業績がさらに知られるようになればよいと、半世紀近い水木との交流がある私は思う。

しかし、類型的で一面的な水木しげる像が独り歩きし、その枠内でしか水木自身が、水木作品が、語られていないような気がする。妖怪好きの愉快なマンガ家——確かにその通りだろう。戦争で左腕を失ったが絵を描く情熱は失わなかった頑張り屋——なるほど間違ってはいない。だが、水木マンガを愛読した人ほど、水木に親しく接した人ほど、そんな単純なものじゃないよと思う。もっと複雑で、もっと多面的で、しばしば頑固で、しばしばいいかげんで、相当夢見がちで、相当現実主義者で、その全体が水木であり水木マンガなのである。

水木しげるが亡くなって数ヶ月間、いくつもの雑誌で特集が組まれた。その多くは前述の類型的な水木像をなぞっただけのものだったが、一部に、これだよ、これだよ、と思わせてくれるものもあった。

読書情報誌「ダ・ヴィンチ」二〇一六年二月号には、マンガ研究家・中野晴行がこんなコメントを寄せている。

「妖怪についてのインタビューをさせてもらったときは開口一番『妖怪なんていませんよ』と言われて困ったこともあります（笑）」

これを読んで、私も思わず笑った。同種の発言を私を含めて何人もの人が聞いている。別の場所では妖怪に会ったことがあると言わんばかりの発言をしているのに、まるで悪戯坊主が、あの幽霊は俺がシーツで作ったんだよと、笑いながら自白しているようなものだ。

中野晴行は、続けて語る。

「水木先生にとって妖怪は信じる信じないではなく、『面白いもの』として存在するもので、それを徹底的に突き詰めて研究していった結果、多くの名作が生まれたのだと思います」

その通りだろう。水木しげるは初期の頃から妖怪に強い関心を持っていたが、その関心が具体的になるのは一九六〇年代末期以後のことである。水木の代表作『ゲゲゲの鬼太郎』が雑誌連載されるようになり、鬼太郎が退治する妖怪を次々に考え出さなければならなくなる。民俗学や神話学の資料を渉猟《しょうりょう》し、新しい妖怪を発見してゆくのである。

ちょうどその頃、一九七〇年、まだ学生だった私は、そんな資料整理の手伝いとして、水木しげるのもとに出入りするようになった。古本屋で珍しい資料を見つけると水木に電話して買ったり、地方の奇書収集家のもとに出向いて和綴じの妖怪図譜のたぐいを借り出したり、資料を読んでネタ作りをしたり、そんなアルバイトを五、六年続けた。

水木しげるの応接室には「面談五分」という有名な貼紙がしてある。しかし、私はなぜか気に入られて三十分ぐらい、時には一時間ぐらい、雑談の相手をしてもらった。水木プロでは、連載が途切れてアシスタントの手が空くと、妖怪画を描かせてストックしていた。それが何冊かの妖怪画集になっている。水木はアシスタントの使い方がきわめてうまい。妖怪画を描かせればアシスタント自身の画力が上がり、しかも原画のストックが出来る。水木プロの背景画の技術はどこにも負けないと、自他ともに認めているほどだ。

完成したばかりのそんな妖怪画を数枚、水木しげるは私に示して言った。

「どうです、ええでしょう」

「そうですね、いい出来です。何かいい資料がありましたか」

「これね、自分が考えたんですわ、あっはっは」

幽霊はシーツで作り、海坊主は古タイヤを海に浮かべ、鬼火は案山子《かかし》に夜光塗料をつけたものだった、と言っているようなものだ。まさに中野晴行の発言にあるように、水木しげるにとって、妖怪は「面白いもの」であり、そういうものなら「突き詰めて」しまえばいいのである。

この世ならぬもの、異界のもの、これに対する水木しげるの態度も同じである。それは「面白いもの」だから「突き詰めたい」のだ。水木はインタビューなどで、この世ならぬものへの畏敬の念について話す。しかし、それは悪戯坊主が校内弁論大会で「先生を敬まおう」と言っているようなものだ。

本書第十九話は「死者の招き」である。「死者の招き」は、水木しげるの短篇集の名前にもなっているほどで、この言葉は水木のお気に入りのようだ。そこに異界への畏敬の念が感じられるかというと、どうだろうか。

「ぼくは少年時代によく古い墓に小便をひっかけて墓に入っている人の気持みたいなものを知ろうとしたことがあった」「小便を通じて霊電気のようなものが、体に伝わるのではないかと思っていた」

似たような話を水木しげるは他のところでも書いている。水木は自宅から少し離れた多磨霊園を深夜自転車で走り、やはり墓石に「小便通信」をひっかける、というのである。よく死者が招かないものだと思う。畏敬の念などとても感じられないではないか。

青山葬儀所の「お別れの会」では、葬儀委員長の荒俣宏《あらまた》が参列者に面白いエピソードを披露した。

水木しげるは荒俣宏を弟子兼秘書兼下僕のようにして、全国あちこちを旅行した。ある神社を見学した時のことである。水木と荒俣の名を出したので、神社は歓迎してくれ、拝殿の奥にまで案内してくれた。そして宮司《ぐうじ》は、社宝の入った匱《はこ》を見せてくれた。この匱は十年に一度の祭事の時だけ、精進潔斎した宮司一人が蓋を開け、中の社宝を拝することができる。それが何であるか口外してはならず、口外しようものなら目が潰れるとされている。そんな荘厳にして貴重な宝匱を、水木と荒俣は伏し拝んだ。宮司がふと何かを思い出し、別室に下がったとたん……。

悪戯坊主もその手下の悪餓鬼も、まあ、こいつらといったら。

本書第二十話は「霊魂の世界」である。

水木は書く。

「――ふん、世界は、やはり二つあるんだな――

と自問自答するのを常としている。

そのくせ『霊魂の世界』といったような本を、気が向いたときに開いてみるが、どうにも素直に信じられない」

「チベットの『死者の書』とやらをひもといてみた」「しかし、感動はしてみても、これまたどうも信じられない」

一九九五年、恐怖のオウム真理教事件が起きた。事件関係者の裁判も、被害者の救済も、二十年以上過ぎた現在まだ何も解決していないに等しい。オウム真理教が活動を盛んにし始めた一九九〇年代前半、多くのオカルトマニア、神秘思想家、さらにはそれに許容的な一般知識人たちが、オウム真理教に利用された。一番利用されやすそうに見えた水木しげるは全く無傷で、あくまでもマイペースで妖怪マンガを描き、故郷の鳥取県境港市には妖怪像を並べた「水木しげるロード」が作られた。そして二〇一五年秋、多くのファンに惜しまれ、天寿を全うして異界へ旅立った。

本書は『不思議旅行』（一九八四年、中公文庫）、『怪感旅行』（二〇〇一年、中公文庫）を改題し、再編集したものです。

※単行本『水木しげるの不思議旅行』（一九七八年、サンケイ出版刊）

中公文庫

# 水木《みずき》しげるの不思議《ふしぎ》旅行《りょこう》


2016年11月25日　初版発行
2021年12月25日　再版発行

著　者　水木《みずき》しげる

発行者　松田陽三

発行所　中央公論新社
〒100-8152　東京都千代田区大手町1-7-1
電話　販売 03-5299-1730　編集 03-5299-1890
URL http://www.chuko.co.jp/

DTP　平面惑星
編集協力　水木プロダクション／嶋中事務所
印　刷　三晃印刷
製　本　小泉製本




Published by CHUOKORON-SHINSHA, INC.
Printed in Japan　ISBN978-4-12-206318-1 C1179

## 中公文庫既刊より

各書目の下段の数字はISBNコードです。978－4－12が省略してあります。

み-11-3
ラバウル従軍後記 トペトロとの50年　水木しげる
漫画界の鬼才、水木しげるが戦時中ラバウルで出会った現地人トペトロ。彼は「鬼太郎」だった……。死が分かつまでの50年の交流をカラー画で綴る。
204058-8

Cみ-1-5
ゲゲゲの鬼太郎① 鬼太郎の誕生　水木しげる
6歳になるまで人間の手で育てられた鬼太郎は、ついに自由と友だちを求めて旅に出た――鬼太郎誕生の秘密に迫る表題作ほか12話収録。〈解説〉呉 智英
204821-8

Cみ-1-6
ゲゲゲの鬼太郎② 妖怪反物　水木しげる
「わたし日本のばかな妖怪をだまして反物にして日本人に売りつけるよ……」このままでは日本は中国妖怪たちの天下に⁉ 表題作ほか14話。〈解説〉足立倫行
204826-3

Cみ-1-7
ゲゲゲの鬼太郎③ 鬼太郎のおばけ旅行　水木しげる
国連も二の足をふむ大事業、それは世界の妖怪を退治すること。鬼太郎は電柱の廃材で筏を作り、大海原へ帆を進めるのであった。連作16話。〈解説〉大泉実成
204847-8

Cみ-1-8
ゲゲゲの鬼太郎④ 猫町切符　水木しげる
人間の蒸発が増えると、猫も増える？ 大学教授が発見した統計学上の奇妙な謎に、猫語を駆使する名探偵鬼太郎が挑む。表題作ほか16話。〈解説〉矢部史郎
204866-9

Cみ-1-9
ゲゲゲの鬼太郎⑤ 豆腐小僧　水木しげる
小さな子供から冷や奴とビールをご馳走されたねずみ男は全身がカビに包まれてしまう。やがて仲間たちにもカビが移り……。13話収録。〈解説〉紅野謙介
204879-9

Cみ-1-10
ゲゲゲの鬼太郎⑥ ペナンガラン　水木しげる
妖怪鏡獅子の封印が三百年ぶりに解かれ、人間界にあらゆる災いがふりかかる。そして、その背後にはもうひとつの伝説が……。15話収録。〈解説〉多田克己
204893-5

Cみ-1-11
**ゲゲゲの鬼太郎⑦ 鬼太郎地獄編**
水木しげる
日に日につのる、亡き母への鬼太郎の想い。みかねた砂かけ婆たちは、鬼太郎を連れて母の住む死者の国へ旅に出た……。10話収録。〈解説〉鈴木貞美
204905-5

Cみ-1-12
**ゲゲゲの鬼太郎⑧ 鬼太郎夜話（上）**
水木しげる
鬼太郎そっくりの子供が現れた。世にもおそろしい、にせ鬼太郎である。彼に奇妙な友情を感じたねずみ男は、またもや悪だくみを……。スペシャル大長篇。
204918-5

Cみ-1-13
**ゲゲゲの鬼太郎⑨ 鬼太郎夜話（下）**
水木しげる
にせ鬼太郎との戦いの末、初恋の女のコを失った鬼太郎は謎の青年によって悲しみを癒やされ、やがて金儲けの快楽に目覚めてゆくが……？〈解説〉小松和彦
204932-1

Cみ-1-18
**水木しげるの戦場 従軍短篇集**
水木しげる
昭和十八年召集、兵士として過酷な日々を過ごし、ラバウルの戦闘で味方は全滅、自身は銃撃で左腕を失う。実体験に基づく傑作漫画戦記集。〈解説〉呉 智英
206275-7

S-14-8
**マンガ日本の古典 8 今昔物語（上）**
水木しげる
呪術・幻術が渦巻き、霊鬼・異類が跳梁した平安時代の闇を語る日本最大の説話集。妖怪マンガの第一人者が、あなたを不可思議の世界へといざなう。
203543-0

S-14-9
**マンガ日本の古典 9 今昔物語（下）**
水木しげる
「今ハ昔……」で始まる一千余話から二十三話を厳選。芥川の小説『藪の中』『鼻』や映画、劇画にも多く取り上げられた、面白うてやがて恐ろしき物語。
203562-1

え-5-2
**日本妖怪変化史**
江馬 務
妖怪をその前身、変化の要因などで分類し、風俗史学の立場から考察した表題論文ほか全三編を収録。大正十二年刊行当時の「自序」を追加。〈解説〉香川雅信
204384-8

き-31-1
**嗤《わら》う伊右衛門**
京極夏彦
生まれてこのかた笑ったこともない生真面目な浪人、伊右衛門。疱瘡を病み顔崩れても凜として正しき女、岩——四谷怪談は今、極限の愛の物語へと昇華する！
204376-3

各書目の下段の数字はISBNコードです。978－4－12が省略してあります。

き-31-2
## 覗《のぞ》き小平次
京極　夏彦

死んだように生きる男と生きながら死を望む女は、襖の隙からの目筋と嫌悪とで繋がり続ける――山東京伝の名作怪談を現代に甦らせた山本周五郎賞受賞作。

205665-7

き-31-3
## オジいサン
京極　夏彦

生き生きもしていないし、瑞々しくもないけれど――若ぶらず、気弱にもならず、寄る年波をきっちり受け止め粛々と暮らす、益子徳一（七十二）の一週間。

206078-4

き-31-4
## 数えずの井戸
京極　夏彦

お菊はなぜ井戸端で皿を数えるようになったのか――満ち足りない心をもてあます侍・播磨と慾のないお菊が綾なした、はかなくも美しい「皿屋敷」の真実。

206440-9

Cふ-2-48
## 笑ウせぇるすまん①
藤子不二雄Ⓐ

ともだち屋　切る　化けた男　ザ・ガードマン　ナマケモノ　チ漢さん　勇気は損気　イージー・ドライバー　たのもしい顔　他10話収録。

203366-5

Cふ-2-49
## 笑ウせぇるすまん②
藤子不二雄Ⓐ

途中下車　月下美人　単身赴任　ケフィア　見おろす男　ゴルフフリーク　老顔若体　温泉奇行　決断ステッキ　安心カプセル　他7話収録。

203367-2

Cふ-2-50
## 笑ウせぇるすまん③
藤子不二雄Ⓐ

ゴルフ・ドミノ倒し　ドール　シルバー・バンク　看板ガール　ブルーアイ・ジャパニーズ　夜行列車　モグリメンバー　長距離通勤　他9話収録。

203389-4

Cふ-2-51
## 笑ウせぇるすまん④
藤子不二雄Ⓐ

雲の上と下　リストラの男　豹変ゴルファー　下り電車への招待　拾ったフィルムのヒト　ジョギングマン　カジノの中と外　寝台車の男　他8話収録。

203390-0

Cふ-2-52
## 笑ウせぇるすまん⑤
藤子不二雄Ⓐ

特ダネカメラ・フリーク　ココロ痴漢　別世界のヒト　主婦タレント　懐かしの銭湯ツアー　スタア病患者　幸運のリング　かやつり草　他8話収録。

203412-9